CONTOS E LENDAS
DA AMAZÔNIA

CB022033

Coleção Contos e Lendas:

REGINALDO PRANDI

CONTOS E LENDAS
DA AMAZÔNIA

Ilustrações de Pedro Rafael

SEGUINTE

O selo jovem da Companhia das Letras

Copyright do texto © 2010 by Reginaldo Prandi
Copyright das ilustrações © 2010 by Pedro Rafael

O selo Seguinte pertence à Editora Schwarcz S.A.

Grafia atualizada segundo o Acordo Ortográfico da Língua Portuguesa de 1990, que entrou em vigor no Brasil em 2009.

CAPA Eliana Kestenbaum

FOTOS Reginaldo Prandi

PREPARAÇÃO Maria Fernanda Alvares

REVISÃO Ana Luiza Couto, Marise Leal e Paula Queiroz

COMPOSIÇÃO Lilian Mitsunaga

TRATAMENTO DE IMAGEM Simone Ponçano

Dados Internacionais Catalogação na Publicação (CIP)
(Câmara Brasileira do Livro, SP, Brasil)

Prandi, Reginaldo
    Contos e lendas da Amazônia / Reginaldo Prandi ; ilustrações de Pedro Rafael. — 1ª ed. — São Paulo : Seguinte, 2022.

    ISBN 978-85-5534-202-8

    1. Contos brasileiros 2. Lendas — Amazônia 3. Mitologia amazônica — Literatura infantojuvenil I. Rafael, Pedro. II. Título.

22-102366   CDD-028.5

Índices para catálogo sistemático:
1. Mitologia amazônica : Literatura infantil 028.5
2. Mitologia amazônica : Literatura infantojuvenil 028.5

Maria Alice Ferreira — Bibliotecária — CRB-8/7964

[2022]
Todos os direitos desta edição reservados à
EDITORA SCHWARCZ S.A.
Rua Bandeira Paulista, 702, cj. 32
04532-002 — São Paulo — SP
Telefone: (11) 3707-3500
www.seguinte.com.br
contato@seguinte.com.br

 /editoraseguinte
 @editoraseguinte
 Editora Seguinte
 editoraseguinteoficial

SUMÁRIO

INTRODUÇÃO
GENTE, BICHO, PLANTA
E TUDO QUE É NATUREZA OU NÃO

Gente vira bicho, bicho vira gente, gente e bicho viram rios, estrelas, montanhas. A planta que já foi homem, a outra que foi mulher, a que foi criança. Uma coisa vira outra coisa. Nada é o que já foi. Nada é a mesma coisa para sempre. São mistérios dos encantamentos, magia da transformação acontecendo em um mundo ao mesmo tempo real e imaginário: a Amazônia.

É o que se conta neste livro.

São histórias do começo do mundo e do que veio depois a cada encantamento. Histórias em que também se movem heróis memoráveis, inventores de novos destinos, civilizações e jeitos de ser e de viver, espelhos que refletem o que somos, o que gostaríamos de ser e aquilo que os outros gostariam que fôssemos. São histórias que tratam de sonhos, desejos, ideias e motivações universais. Originalmente, lendas de uns poucos que viviam nas pequenas aldeias escondidas na floresta ou nas comunidades enganchadas na margem dos rios. Histórias indígenas e caboclas, e as surgidas também nas cidades, onde a encantaria integrava o pensamento da maioria. Histórias que, com o tempo, romperam os limites dos grupos em que foram criadas e extravasaram para o domínio mais amplo da cultura brasileira nacional. E que viraram patrimônio cultural de todo um país, como se elas também sofressem, de algum modo, seu encantamento.

Este livro traz histórias transmitidas oralmente de geração a geração desde tempos imemoriais, vozes de muitos povos diferentes, narradas nas mais diversas línguas. Histórias de ouvir contar, que se espalharam de boca em boca, que por fim a curiosidade transformou na palavra escrita dos livros, em que a imaginação dos que as escreveram juntou novas passagens, interpretações, entrelinhas e subentendidos, pois quem conta um conto às vezes aumenta um ponto. Essas histórias depois foram lidas nos livros e novamente contadas e outras vezes escritas em outros livros, povoando a imaginação de todos nós com novas emendas, recortes, costuras, adições que cada época sugere e solicita. O legado que resultou do registro cuidadoso de viajantes, exploradores, pesquisadores e amantes da cultura popular tem sido fonte de inspirações de incontáveis romances, poemas, canções e muitas outras manifestações artísticas que ajudaram a modelar a identidade cultural mestiça do Brasil.

Este é um livro de mitologia da Amazônia. Como tudo que compõe essa parte do planeta, sua diversidade cultural é inesgotável. Os mitos aqui apresentados são uma pequena amostra desse universo múltiplo, sociodiverso, sem fim, e ainda tão pouco conhecido e tratado.

Orientaram a seleção das histórias a persistência com que elas ocupam a memória dos habitantes da Amazônia, a constância de seus motivos na literatura e nas artes, o significado social e cultural dos relatos, a beleza e o engenho do enredo, bem como e principalmente a marca do encantamento, temática recorrente da mitologia amazônica, eixo sobre o qual foi idealizado e escrito este livro. A Amazônia, aqui, é um lugar encantado.

Os mitos que compõem este volume receberam o tratamento narrativo que o autor do livro achou mais adequado para formar uma totalidade. A fidelidade aos conteúdos originais encontrados nas fontes consultadas, escritas ou orais, foi buscada sempre que possível. No caso de divergência entre diferentes fontes, o autor se permitiu a liberdade de fazer sua escolha, assim como escolheu o jeito de contar, as palavras e os pormenores alusivos. Quando teve que se basear apenas em fragmentos, ousou completar as lacunas com sua imaginação.

Mitos da criação do mundo físico — os rios, as estrelas, a lua, a noite — abrem a narrativa. Depois vêm os mitos que falam do surgimento de plantas e animais e, mais adiante, os de heróis e personagens míticos característicos da região.

Os protagonistas privilegiados são os que ainda hoje servem como fontes de reconhecimento e interpretação dos fatos da vida e como modelos de conduta. Entre eles, personagens trazidos pelo europeu, devidamente encantados em terras amazônicas.

Ao final, duas lendas recentes — talvez ainda em formação — lembram a desafiadora necessidade de preservação da Amazônia, da floresta, do rio, do meio ambiente, da natureza enfim.

1

O GRANDE RIO
SAI DOS POTES DE ÁGUA

A floresta se estendia do sopé do monte até o mar, onde nascia o sol. Uma imensidão que era só verde. O espírito da montanha, chamado por muitos de Ibiacema, não se dava com os habitantes do lugar. Roubara as irmãs Anaí e Anajá de uma aldeia da floresta e se casara com as duas. Vivia enfurnado numa caverna profunda, onde mantinha as esposas prisioneiras, e pouco gostava da luz do dia.

Um dia, Antã e Caiuá, dois irmãos guerreiros da floresta, subiram a montanha e de longe viram as duas irmãs, que ralavam mandioca na entrada da caverna. Os dois irmãos da floresta se apaixonaram pelas duas irmãs da montanha roubadas da floresta.

Elas também gostaram deles. Resolveram se juntar e fugir dali.

Os casais foram para uma outra terra, onde chegaram cansados, com fome e sede. Procuraram água para beber, mas a que havia era barrenta, escura, quente e de gosto ruim. Procuraram e procuraram, mas só acharam água ruim.

As irmãs, que sempre falavam juntas, contaram aos novos maridos que a água boa que havia no mundo estava guardada nas cavernas de Ibiacema, no alto da montanha, para que ninguém bebesse. Ibiacema deixara a água suja e quente para matar a sede dos indígenas e dos bichos da floresta. A água pura, cristalina e fresca ele guardara somente para uso dele.

Os irmãos subiram a montanha e constataram que as cavernas lá no alto estavam repletas de potes cheios de água fresca. Mas eram vigiadas por Ibiacema, que não deixava ninguém se aproximar. Antã e Caiuá foram falar com o tatu, que se dispôs a ajudá-los.

De noite, quando Ibiacema foi dormir no fundo de sua cova, o tatu começou a cavoucar na entrada da caverna, que desabou e prendeu Ibiacema lá dentro.

Ibiacema reagiu e tentou se libertar. Seus movimentos faziam tremer toda a montanha. Ele continuava preso.

O tremor de terra provocado pela fúria de Ibiacema fazia com que os potes de água chacoalhassem, batendo um no outro, e se quebrassem. A água liberada corria montanha abaixo em direção à floresta. Maior a raiva de Ibiacema, mais a montanha se agitava, mais potes de água se quebravam.

A água liberada de sua prisão descia a montanha e, lá embaixo, formava infindáveis fios de água que corriam pelo chão da floresta. Fios ralos que se juntavam adiante em correntes mais volumosas. Correntes que depois se uniam e formavam rios. Rios que se encontravam mais adiante para formar o rio maior de todos, que corria agora em direção ao mar.

Quando a grande corrente de água chegou ao mar, a água salgada do mar não reconheceu a água doce do rio e a mandou de volta. A grande água corrente tentava voltar, mas novas levas da água doce que descia da montanha forçavam o rio a retomar o caminho do mar.

Ficou assim um vaivém gigantesco, provocando uma pororoca barulhenta que se ouvia a grande distância dentro da floresta que margeia o rio do começo ao fim. E é assim até hoje.

Esse rio que se formou com a água que saiu dos potes de Ibiacema é o rio Amazonas, o maior de todos os rios do mundo. Mas esse nome lhe foi dado muito tempo depois que ele nasceu. Antes era conhecido como o Grande Rio, o Rio-Mar, o Mar Doce e assim por diante.

Conta-se que um explorador branco que desceu o Grande Rio desde as montanhas até o oceano teria lutado em suas margens com um grupo de mulheres guerreiras, as icamiabas. Seus costumes se pareciam com os das mulheres que o homem branco chamava de amazonas e que teriam existido na Antiguidade, numa terra lambida por mares que ficavam além do oceano.

Hábeis arqueiras, elas tinham o seio direito atrofiado desde meninas para não atrapalhar o disparo da flecha. Não havia homens em sua aldeia, e uma vez ao ano elas convidavam guerreiros de povos vizinhos para sua aldeia e com eles dormiam uma única noite.

No dia seguinte, cada guerreiro recebia de presente um muiraquitã feito com uma pedra de cor verde-esmeralda. Depois partia feliz com a boa sorte que esse talismã em forma de rã ou outro animal haveria de lhe proporcionar. O que se apaixonasse pela companheira de uma noite e se recusasse a partir era morto com uma flechada por sua amante de uma noite só.

Se desse encontro nascesse uma menina, ela seria criada para ser uma nova amazona.

Se fosse menino, não haveria lugar para ele entre as mulheres, seria sacrificado.

Em homenagem a essas mulheres fantásticas, o Grande Rio foi chamado rio das Amazonas, o Amazonas.

2
DO CAROÇO DE TUCUMÃ
ESCAPA A NOITE

O dia e a noite foram criados juntos, mas a boiuna, a cobra-grande, roubou a noite e a escondeu no fundo do rio. Daí só o dia aparecia e era sempre claro. Iluminado pelo sol, o dia nunca acabava.

Numa aldeia, um valente guerreiro se casou com uma moça que diziam à boca pequena ser uma filha da boiuna.

Logo após o casamento, o guerreiro partiu para a guerra contra uma nação inimiga sem ter deitado com ela nem uma vez. Tempos depois, ao voltar vitorioso, quis levar sua mulher para a rede.

A mulher não quis, dizendo que deviam esperar.

Não demorou quase nada e houve uma

nova guerra com outra nação e nova partida do guerreiro.

Na volta ele quis mais uma vez levar sua mulher para a rede.

"Vamos esperar", ela disse. Ele esperou.

Veio a terceira guerra, a terceira despedida, a terceira volta.

E nada de a mulher dormir com o marido, que já estava completamente exasperado, quase perdendo o juízo.

"O que devemos esperar?", ele perguntou, já pensando em levar sua mulher para a rede.

"Vamos esperar a noite", ela disse.

Era demais, como esperar que a noite chegasse, se a noite não existia?

Foi o que ele argumentou, mas ela sabia coisas que ele não sabia.

"A noite existe, sim. A boiuna a prendeu no fundo do rio."

"Então vamos libertar essa tal de noite, porque eu não aguento mais", disse o guerreiro, impaciente.

Juntou seus companheiros de guerra e foi com eles para a casa da boiuna, disposto a tudo.

Antes de o marido partir, a mulher deu a ele um talismã para o proteger dos perigos daquela aventura. Era um muiraquitã de jade em forma de tartaruga. Pendurou o muiraquitã no pescoço dele com uma fina trança de palha.

Uma vez chegados ao rio, os guerreiros se dispuseram ao longo da margem com seus arcos retesados, armados com flechas envenenadas. Chamaram pela boiuna, que emergiu curiosa e assustada.

A boiuna tratou de conversar e fez o jovem guerreiro contar o porquê daquilo tudo.

"Guardei a noite porque gosto dela, mas posso trocar por outra coisa", ela disse ao guerreiro.

Os homens se consultaram uns com os outros e concordaram que a proposta era boa. Depois dariam umas flechadas nessa cobra, mas antes era melhor garantir a posse da noite. O que dariam em troca da prisioneira? Eles não tinham nada, a não ser seus arcos e flechas. Andavam nus, nada levavam consigo. Foi o que o moço disse à cobra.

"E essa joia pendurada em seu pescoço?", perguntou ela.

Ele levou a mão ao peito e se lembrou do muiraquitã.

A boiuna aceitou o objeto e deu ao guerreiro um caroço de tucumã.

"Eu quero é a noite, não uma semente", ele reagiu.

"Pois leve o tucumã a minha filha e ela saberá o que fazer. Ainda hoje vocês estarão juntos na rede", ela riu e se atirou no fundo do rio.

No caminho, o guerreiro ouviu sons estranhos e pôs o caroço de tucumã junto ao ouvido. Escutou o pio da coruja seguido do canto de muitos pássaros, depois o miado da onça, o coaxar de sapos, o rufar do vento nas folhas das árvores, o fragor da cachoeira

descendo a montanha, um trovão que ri-
bombava ao longe. Depois veio o canto do
uirapuru, ave que prometia o amor.

O mundo estava dentro do caroço de tucumã, tudo estava lá dentro. Deu o caroço para seus companheiros escutarem. Os
companheiros, mortos de curiosidade, não
tiveram dúvida: com a ponta de uma flecha,
abriram o tucumã e libertaram a noite.

O guerreiro ficou assustado: junto com a
noite, eles haviam soltado tudo que havia
no caroço de tucumã.

Ficou tudo escuro. Depois o céu se encheu de vaga-lumes para atenuar a escuridão. Então ele ouviu cantar o melancólico
jurutaí, que se ri para o luar, e de novo o
uirapuru anunciando um final feliz, quem
sabe.

À sua volta, surgiram animais e plantas
que antes só existiam dentro do caroço de
tucumã. E muitas coisas que havia ali se
transformaram em outras coisas, inclusive
seus companheiros que abriram o caroço

de tucumã: viraram macacos, subiram nas árvores e foram embora pulando de galho em galho.

Mas a noite estava ali, liberta, era o que importava.

De volta à aldeia, o guerreiro levou sua mulher para a rede e dormiram juntos. E continuaram juntos na rede, porque sempre era escuro e nunca amanhecia. Nada de o dia aparecer.

Por fim o guerreiro se cansou da noite, se cansou da rede, se cansou da mulher e entristeceu. Afinal, ele queria voltar a fazer a guerra, e para guerrear precisava da luz do sol, precisava do dia.

Sua mulher queria ver a alegria outra vez no sorriso do marido. Então, saiu da rede, pegou duas folhas, pintou uma de branco e vermelho com tabatinga e urucum e a outra de preto com tinta de jenipapo.

Soprou a folha branca, que imediatamente virou uma ave. Chamou o pássaro de cujubim e lhe disse:

"Quando você cantar será dia".

Depois soprou a folha escura, e a folha virou o pássaro inhambu. Ela disse:

"Quando você cantar será noite".

Dirigiu-se aos dois e acrescentou:

"Não cantem ao mesmo tempo, para que o dia e a noite nunca se encontrem".

Desde então, o cujubim e o inhambu se revezam no seu canto e sinalizam para que a noite e o dia se mostrem um depois do outro, cada um a seu tempo, cada um em seu lugar.

3

A CARA MARCADA DA LUA

Em um tempo antigo, indígenas formaram sua aldeia à beira de um lago que de-
lineia o sopé de uma montanha. Ao final
de uma guerra desastrosa, a população da
aldeia ficou reduzida a poucos indivíduos,
na maioria mulheres, crianças e velhos. O
feiticeiro sobreviveu.

Entre os que restaram estavam um irmão
e uma irmã, ambos jovens e bonitos, que
haviam perdido todos os demais membros
de sua família.

O feiticeiro quis se casar com a moça.
Sabendo que a irmã não gostava do preten-
dente, o irmão rejeitou o pedido. O feiticeiro jurou vingança: os dois seriam muito in-
felizes, iam ver só.

Temendo o poder maléfico do feiticeiro, o irmão mandou a moça viver com parentes distantes que habitavam outra aldeia de sua nação. E ela foi morar com eles à margem de um igarapé vizinho.

O tempo passou. Durante o dia o irmão caçava na floresta para comer, se banhava na lagoa e afiava a ponta de pedra de suas flechas. Sentia-se profundamente sozinho e pedia aos deuses que afastassem o perigo para ele trazer logo a irmã de volta.

À noite, na rede, a solidão crescia. Tudo em volta era escuridão, nem mesmo uma sombra se via. Pudera, naquele tempo ainda não existia lua no céu. Faziam-lhe companhia apenas o pio de pássaros noturnos e o perfume das ervas que vinha do mato quando soprava o vento.

Certa vez, acordou com o pio do pássaro da noite, o mesmo de sempre, mas o perfume que sentiu era outro. Algo tocava seu corpo. No escuro sem lua, ele nada via, mas era corpo de mulher que procurava o dele.

O guerreiro a recebeu como um presente enviado pelos bons espíritos. Ela deitou com ele em sua rede. Depois ele adormeceu. Acordou sozinho.

O dia seguinte foi de expectativa e decepção. Não encontrou o menor sinal da moça que o visitara no escuro. Restara apenas a lembrança da presença dela, impregnada em seus sentidos.

Quando anoiteceu, tudo aconteceu de novo, agora com maior intensidade. E mais uma vez ela se aproveitou do sono dele e fugiu.

Não querendo perdê-la uma terceira vez, o rapaz deixou ao lado da rede uma cuia com a tinta preta do jenipapo e esperou.

Nessa noite, fingindo um carinho a mais, ele mergulhou os dedos na cuia e marcou com tinta o rosto da companheira. No escuro, ela nada percebeu. Mais tarde, ele dormiu e ela foi embora.

Acordou sobressaltado antes que o primeiro raio do sol surgisse atrás da floresta.

37

Levantou, pegou seu arco e suas flechas e saiu disposto a descobrir quem era a mulher que vinha a sua rede para depois o deixar sozinho. Ele a encontraria e a manteria para sempre a seu lado. E se fosse uma mulher casada? Afinal, ela não vivia se escondendo dele? Se fosse, a roubaria do marido. Faria qualquer coisa.

Começou a procurar em sua aldeia. Invadiu cada uma das poucas malocas ainda habitadas. Todos dormiam. Olhou em cada rede ocupada, e nada. Nenhuma mulher tinha o rosto pintado de jenipapo.

Correu para a aldeia mais próxima. Invadiu cada uma das malocas, foi de rede em rede e descobriu. Desgraça das desgraças: a moça com a cara pintada por ele era sua própria irmã.

O uivo de horror que saiu de sua boca acordou a assustada irmã. Ele fez gestos acusadores apontando para o rosto dela e depois se lançou ao chão chorando amargurado sua miséria.

A irmã correu para a lagoa e se olhou no espelho d'água. Ao ver seu rosto refletido, o feitiço se quebrou e ela, apavorada, se lembrou num instante de tudo que vinha acontecendo. Não era por sua vontade, nem tinha consciência do que fazia naquelas noites. Era obra do feiticeiro. Ele tinha conseguido se vingar. Desesperada, quis fugir.

Voltou correndo à maloca e lá pegou o arco e as flechas do irmão. Atirou a primeira delas em direção ao céu. Depois uma segunda, e mais outra e outra. As flechas foram se juntando uma a uma e formaram uma longa corda que ligou o céu à terra. A moça subiu por ela, jogou as flechas de volta para não ser seguida e lá no alto se transformou na lua.

O irmão também fugiu, mas correu para a montanha. Atirou-se do mais alto penhasco: morrer era a única coisa que restava. Ao saltar, foi transformado na suçuarana, que caiu com as quatro patas no chão e nem se machucou.

39

Agora já existe luz da lua à noite, e por causa disso o triste caso desses dois irmãos certamente não se repetirá.

No céu, a lua brilha, pálida e tristonha. Todas as noites ela se olha na superfície espelhada do lago e constata que as manchas de jenipapo ainda marcam seu rosto. Com seus raios tímidos procura pelo irmão nas trilhas da floresta, mas não o encontra.

A suçuarana vaga noite adentro sempre só. Sente falta da irmã. Quando a caça rareia na floresta, o felino sobe a montanha e, lá de cima, olha a lua com um pouco de tristeza. Apesar de ter surgido tão recentemente, a lua lhe parece familiar. Prossegue em sua caminhada solitária na montanha, sem jamais suspeitar de quem é aquela cara, a cara marcada da lua que ele marcou com tinta de jenipapo.

4

A CULPADA FOI A ONÇA

Naquele tempo, todas as águas eram paradas. Nada de rios correntes, cascatas, cachoeiras, corredeiras. Lagos e lagoas se ligavam uns aos outros por caminhos de água feito serpentinas que nunca se mexiam. Apenas o vento às vezes tumultuava a superfície das águas, do jeito que faz no cabelo da gente.

A onça-pintada habitava esse lugar e se mantinha bem longe da água. Tinha medo de cair lá dentro e virar peixe, quem sabe jacaré ou tartaruga. Sentia orgulho de ser a onça-pintada, um belo macho, não queria mudar. Melhor nem chegar perto da água.

Mas outro perigo rondava o felino, que não tardou a cair em armadilha muito mais difícil de se safar, um perigo realmente perigoso: a onça se apaixonou.

Armando-se de coragem, a onça foi fazer sua declaração de amor, mas foi repelida sem a menor cerimônia. Ficou pasma com o que ouviu do ser amado:

"Antes de se dirigir a mim, me faça este favor: vá tomar um banho".

"O quê?", reagiu a onça, quase indignada, ofendida.

"É isso mesmo. Vá tomar um banho, vá se limpar, você cheira mal."

Coitada da onça, ser rejeitada desse jeito era coisa que nem podia imaginar. Mas amor é amor, e a onça tratou de se limpar.

Passou um dia inteiro se lambendo e foi de novo fazer sua declaração.

Foi recebida com desprezo:

"Parece que agora você fede mais! Por que não toma um belo de um banho no rio? Um banho muito bem tomado!".

Entrar no rio e virar peixe, ah, isso não, pensou a onça.

Desnorteada, foi falar com o macaco.

Depois de pular de galho em galho, tantas vezes que a onça passara da impaciência ao desespero e depois à fúria, o macaco disse:

"Faça como os seres humanos, passe perfume, compadre onça".

Dito e feito. A onça derrubou uma árvore de pau-rosa e esfregou seu óleo perfumado pelo corpo todo, caprichando em cada mancha da pele, que ficou brilhante. Depois se pôs ao sol para secar.

"E agora?", perguntou ao macaco.

"Melhorou, um pouco", respondeu o macaco, tapando o nariz e tratando de pular de um galho a outro, mais para cima e mais longe, sempre com medo de ser devorado pela onça.

E lá foi a onça, toda convencida.

Mas ainda não foi dessa vez. De novo foi recusada.

"Suma já daqui e só me volte limpinha e cheirosa. Sem banho não tem nem conversa, banho de rio, água, muita água."

Não tinha mesmo jeito. A onça correu e se jogou no primeiro igarapé que encontrou.

Foi então que aconteceu. Nem a água do igarapé suportou o fedor da onça e tratou logo de correr. Correu e foi se atirar num outro rio com que se comunicava. E esse outro rio sentiu o cheiro da onça e também tratou de dar no pé.

Num corre-corre nunca visto, as águas foram se deslocando de um rio para outro, chegaram aos lagos, avançaram colina abaixo, se precipitaram do alto de barrancos e despenhadeiros, formando cascatas e cachoeiras. As águas correntes por fim foram parar no litoral, que ficava muito longe da terra da onça. Mas não sossegaram, continuam correndo até hoje.

De um rio para outro, passando por todas as terras, se jogando por fim no mar. Desde então todos os rios não param de correr.

Foi por culpa da onça.

5

AS ESTRELAS
NOS OLHOS DOS MENINOS

Naquele tempo, a noite era completamente escura, nenhuma estrela brilhava no firmamento, não havia estrelas.

Na aldeia indígena, fogueiras eram acesas logo que escurecia, e as famílias se reuniam em torno delas para se esquentar do frio da noite, comer e conversar.

As mulheres assavam pedaços de pirarucus e tucunarés pescados no dia e cozinhavam nas cinzas ovos de tartaruga que recolhiam dos ninhos na areia das margens dos rios. Os homens falavam da guerra e contavam vantagem. No entorno da aldeia era a escuridão e o mistério. O que vinha de lá era o pio da coruja, o miado da onça, o canto do jurutaí.

Ninguém se arriscava a entrar no mato à noite, com temor de encontrar o anhangá de olhos de fogo, uma matintaperera e seu pássaro portador de feitiços, um encantado do mato que gosta de se apossar do corpo dos seres humanos para dançar com eles, alguma das visagens que se aprazem em assombrar os vivos.

Numa noite, quando foram preparar as comidas, as mulheres descobriram que os ovos de tartaruga que tinham colhido haviam desaparecido. Os meninos disseram a elas que tinham visto uma visagem rondando a aldeia logo que escurecera. Mas visagem comia ovos de tartaruga?, elas se perguntaram. E riram dos meninos. Naquela noite, todos comeram peixe e mandioca, mas reclamaram da falta dos ovos.

Noutra noite, a história se repetiu: os ovos tinham sido roubados. Teria sido o curupira? Comeram peixe, carne de capivara e milho, mas reclamaram da falta dos ovos.

Algumas noites depois o roubo aconteceu

de novo, e as mulheres resolveram tirar a limpo esses sumiços estranhos.

Nem visagem nem curupira. Escondidas atrás de uns arbustos, elas observaram os meninos roubarem os ovos e saírem sorrateiramente para o mato. Foram no encalço deles e viram quando se enfiaram na floresta e, numa clareira, prepararam o fogo para assar os ovos roubados. Eles queriam comê--los sem ter que dividir com os outros.

As mulheres começaram a gritar, e os meninos, surpreendidos, correram. As mulheres correram atrás. Proferiam ameaças e prometiam castigos severos.

Para escapar das punições, os meninos pediram ao beija-flor que amarrasse um cipó no céu. O beija-flor atendeu ao pedido, e eles começaram a subir. Já estavam bem no alto quando as mulheres chegaram ao local da fuga para o firmamento. Elas não tiveram dúvida: subiram atrás deles.

Para não serem alcançados pelas mulheres, os meninos cortaram o cipó logo abaixo deles, e as mulheres se precipitaram lá de cima. No chão, antes que se esborrachassem, foram transformadas em animais da floresta que naquele tempo ainda não existiam. Os meninos, por sua vez, ficaram presos no céu sem ter como descer.

Desde então, eles olham a terra lá do céu. No escuro da noite, brilham para sempre os olhos arregalados dos meninos. Foi assim que a noite acabou se enchendo de estrelas. São os olhos dos meninos.

6

JAPUAÇU VOA EM BUSCA DO FOGO

No princípio os indígenas desconheciam o fogo. Comiam alimentos crus e se aqueciam ao sol. Agradecidos pelo calor que vinha do alto, faziam oferendas ao sol e o adoravam como a um deus.

O sol, contudo, ia se deitar detrás do monte quando anoitecia, e adormecia. O povo da aldeia sentia então muito frio.

O pajé passava horas e horas a observar o sol, imaginando um meio de o prender no firmamento e mantê-lo acordado dia e noite.

Vários guerreiros foram enviados ao céu para essa missão, mas nenhum jamais voltou. O povo continuava com frio.

Um dia chegou na aldeia um homem sábio vindo de longe. Ele disse que o calor podia ser obtido com o raio, que era fogo que o sol cuspia e que, por não ser um deus, seria mais fácil de vencer.

Para buscar o precioso elemento, o cacique escolheu o guerreiro mais valente da aldeia. Ele deveria agir conforme o ensinamento do sábio estrangeiro.

O pajé transformou o guerreiro num pássaro, e ele voou em busca do raio.

O pássaro subiu bem alto, muito além das nuvens. Tomou o maior cuidado para não se aproximar demasiadamente do sol e morrer queimado. Ficou à espreita e na primeira cusparada do sol pegou no bico a maior porção de raio que pôde abocanhar.

Com o bico em chamas, voou de volta à terra. Trazia na boca a carga preciosa.

Tendo cumprido sua missão, o pássaro de novo tomou a forma de homem.

As mulheres receberam o fogo e com ele acenderam as fogueiras que usaram desde então para cozinhar os alimentos. Em torno delas, ao anoitecer, se juntavam os velhos, os adultos e as crianças para comer, conversar e, principalmente, se aquecer do frio vindo com o descanso do sol.

O guerreiro responsável pela felicidade do povo não podia, porém, participar das rodas em torno da fogueira. De volta a sua forma humana, seu rosto queimado pelo fogo que trouxe na boca ficou muito feio de se ver. Ele sentia vergonha do seu estado e vivia escondido dos demais, que também não faziam nenhuma questão de sua feia presença.

O sol ficou contente com a solução encontrada. O problema do povo fora resolvido, sem se roubar nada dele nem perturbar seu sono merecido. Como prêmio, mandou um encantamento ao guerreiro.

O buscador do fogo foi novamente transformado em pássaro, uma ave belíssima, que todos apreciam e gostam de ver.

O povo o chamou de japuaçu.

A extremidade de seu bico cinzento tem a cor do fogo: uma recordação de sua dádiva para a humanidade. Para que os homens não esqueçam que, se hoje podem comer comida cozida e se aquecer no fogo, é por causa dele, de seu destemor.

7

HOMEM, PLANTA, BICHO, MANDIOCA, É TUDO A MESMA COISA

Quem hoje é homem ou mulher um dia já foi bicho, ou foi planta, ou um pedaço deles. E o contrário também é verdadeiro, porque nunca uma coisa é só aquela mesma coisa para sempre. Não é. Varia, muda, se transforma.

Nunca é demais repetir.

O mundo não é o que parece ser e só seria o que parece se não existisse o encantamento. São muitos os casos de transformações maravilhosas. Basta prestar atenção, estão por toda parte.

Uma jovem mulher de uma aldeia que habitava a margem de um igarapé deu à luz uma menina branca feito leite. O corpo da criança fazia doer o olho de sua gente quando o sol batia nele. Alvo, alvo, de nem se poder imaginar. Não se parecia com ninguém da aldeia, nem com nenhum ser humano conhecido por aquele povo.

A recém-nascida cresceu forte e bonita e olhares invejosos de sua beleza era o que não faltava.

Um dia, sem mais nem menos, a menina morreu.

O corpo da criança foi enterrado dentro da maloca, e a mãe, conforme o costume de sua gente, regava a cova da menina todo dia.

Na cova nasceu uma planta desconheci-da. Quando chegou o tempo de desenterrar os ossos da menina para que fossem coloca-dos numa sepultura definitiva, a planta foi arrancada, e com o caule vieram as raízes, que eram grossas e compridas. Sob a pele marrom, as raízes eram brancas como leite, como a pele da menina enterrada.

As raízes provaram ser um alimento mui-to bom, que alimentaria os indígenas e mais tarde os brasileiros de todas as origens. Deram à planta o nome de maniva e às raízes comestíveis, o de mandioca. Talvez em homenagem a Mani, a menina de pele branca como leite, branca como as raízes da mandioca.

8

OLHOS DE GUARANÁ

Num outro lugar e noutro tempo, perto do rio, a filha do feiticeiro cresceu moça bonita. O pai não queria que ela se casasse. Sabia que o destino lhe reservava importante missão, embora não soubesse do que se tratava. Determinou que seus dois filhos homens zelassem por ela e não deixassem nenhum homem se aproximar.

Pretendentes não faltavam, mas todos cram recusados pelo feiticeiro. Tamanha era a beleza da moça que até a cobra por ela se apaixonou.

Os irmãos, por sua vez, continuavam vigilantes, nenhum rapaz se atreveria a bulir com a moça. Mas a cobra se aproveitou de ser bicho rastejante e entrou na maloca do feiticeiro sem que ninguém visse. Os irmãos, que tentavam se manter atentos enquanto guardavam a entrada da oca, conversando para distrair a preguiça que tomara conta deles, também nada viram. Talvez por conta de algum feitiço da própria cobra.

A moça estava sentada na rede, com os pés no chão. A cobra se aproximou sibilante e subiu pelas pernas dela.

Algum tempo depois, o feiticeiro notou que a barriga da filha crescia a cada dia. Surrou os dois filhos por sua negligência e quis matar a filha grávida. Mas recebeu um recado dos espíritos para poupar a moça, que culpa não tinha.

Os espíritos também alertaram que a criança que ia nascer morreria se comesse dos frutos da castanheira.

O menino nascido da moça e da cobra cresceu esperto e inteligente, além de muito curioso. Todos na aldeia gostavam dele e cuidavam para que ele não se aproximasse da árvore proibida.

Sempre que o menino chegava perto da castanheira, o periquito, o papagaio, a maritaca e outras aves que sabem falar se punham a denunciá-lo para todo mundo, fazendo a maior gritaria.

A mãe vivia dizendo ao filho para não transgredir aquela que era a condição de sua sobrevivência. Mas o menino, sabe como é, morria de vontade de comer castanha. Um dia, quando as aves tinham voado para longe, driblou a vigilância da aldeia, subiu na árvore e comeu todas as castanhas que quis.

A proibição era uma condição imposta por Jurupari, o espírito que gostava de pregar peças e impor castigos aos seres humanos e que achava que a humanidade nunca cumpria os compromissos assumidos. Por isso, ele desprezava os homens e as mulheres.

Jurupari não teve contemplação: transformou-se numa cobra e picou o menino. O menino caiu morto.

Quando a aldeia toda chorava sua morte, um raio, seguido de um grande estrondo do trovão, riscou o céu e caiu aos pés do corpo sem vida da criança.

O avô feiticeiro interpretou a mensagem dos deuses e disse a seus dois filhos homens que tirassem os olhos do menino e os enterrassem na beira da mata. Deles nasceria uma nova planta cujos frutos são iguaizinhos aos olhos do menino e que seriam muito apreciados pelos que viviam naquele tempo e pelos que viriam depois.

Foi assim que surgiu o guaraná.

9

AÇAÍ, COMO GOTAS DE SANGUE

Num tempo antigo, na margem direita do rio Guamá, não longe da foz do Amazonas, em terras em que hoje se ergue a cidade de Belém, o grande cacique liderava sua aldeia através da maior crise que jamais se conhecera por ali. Crise de comida, crise de fome, desespero.

Em meio a tanta mata, tanta água, só a falta de alimento prosperava. A caça minguava, porque os bichos fugiam para matas mais distantes. A pesca rareava, porque os peixes nadavam para águas mais profundas. Poucas eram as sementes, as frutas, as folhas boas de comer, porque as plantas perdiam o viço e a fertilidade.

O povo da margem do rio Guamá estava

faminto, debilitado, fraco, talvez condenado à extinção.

Muitas expedições foram enviadas à procura do novo lugar dos alimentos, mas ninguém encontrou nada. Não havia nenhuma terra sem fome, nenhum lar melhor para se viver. O povo ficou ali mesmo, pelo menos morreria em casa.

A comida racionada impunha uma decisão terrível. Não se podia permitir que mais bocas viessem compartilhar do alimento a cada dia mais raro. Naquela aldeia não podia nascer mais ninguém. Mas as crianças que se formavam na barriga das mulheres não sabiam disso e continuavam nascendo. Era preciso dar um basta, pelo menos até que as coisas melhorassem.

O grande cacique reuniu o conselho da aldeia e a lei foi feita. Criança que nascesse a partir daquele dia seria sacrificada.

A filha do grande cacique estava em avançada gravidez e tratou de esconder a barriga volumosa e, depois, a filha nascida. Tratou de amamentar a criança escondida de todos. Quando seu leite raleou demais, o choro faminto da menina as denunciou.

O povo exigiu o sacrifício da criança. Diante do conselho da aldeia, a mãe contou que sonhara na noite anterior que os dias de fome estavam chegando ao fim, que Tupã já se cansara do sofrimento de seu povo e lhe daria uma nova fonte de alimento. A mãe implorou que deixassem a menina viver.

Não convenceu os anciãos do conselho, e o grande cacique não teve como recuar. No centro da aldeia, gotas do sangue da menina marcaram o local do sacrifício.

A mãe da menina caiu doente. O pajé sabia que seu mal não tinha cura, mas fez de tudo que estava a seu alcance para salvá-la. Passava com ela as noites cantando suas rezas. Invocava os caruanas, espíritos que habitam a profundeza das águas e se manifestam no corpo dos pajés para curar os enfermos.

Ao contrário do que faz o fumante, o pajé

75

soprava o fornilho do cachimbo, e a fumaça jorrava pela boquilha e envolvia o corpo da moça na tentativa de reduzir seu sofrimento. Nada, nenhuma melhora.

Numa noite de aflição, a mãe da menina recobrou a consciência ao ouvir um chamado da filha. Levantou-se e saiu da palhoça. Foi acompanhada pelo pajé, que tocava o maracá invocando os bons espíritos. Seguindo os chamados insistentes da menina, ela chegou ao local do sacrifício.

Onde a filhinha caiu sem vida, cresceu uma palmeira. Fartos cachos de uma frutinha avermelhada, quase roxa, pendiam de sua copa. Como se as gotas de sangue da menina houvessem frutificado.

Ela agradeceu a Tupã, abraçou o tronco da palmeira e morreu.

Mas seu povo se salvou. A polpa do novo fruto provou ser alimento rico e poderoso e matou a fome daquela gente. Seu gosto era um carinho na boca, seu suco aquecia o estômago e dava novas forças ao sangue. Em homenagem à menina das gotas de sangue, a nova frutinha foi chamada de açaí. Açaí era o nome dela.

Muito tempo depois, naquele lugar se ergueu a cidade de Belém, e quem ali vive não passa sem o suco de açaí, seus doces e sorvetes. O costume de se alimentar com açaí se espalhou por toda a região e chegou aos mais longínquos pontos do país. Depois foi para outras terras, onde outras línguas são faladas. Apesar de o mundo ser bem grande e diverso, em toda parte se aprecia o que é bom.

10

VITÓRIA-RÉGIA,
A ESTRELA DAS ÁGUAS

Antes de nosso tempo existir, o luar era um guerreiro forte e valente, que gostava de tocar a terra com seus raios quentes e penetrantes. Seu calor aquecia as planícies, os vales e os montes, os lagos, as cachoeiras, as águas que cortavam as matas.

O luar se enamorava das moças indígenas e fazia delas estrelas do céu, companhias faiscantes que alegravam suas noites por toda a eternidade.

Aconteceu de uma das mais bonitas dentre todas as moças que habitavam a floresta gostar do luar perdidamente. Ela sabia dos poderes dele e sonhava com a noite em que viraria uma estrela. Ansiava por esse momento e provocava o luar.

Todas as noites, ela se banhava na lagoa que havia perto da aldeia. Deixava-se mansamente observar pelo luar, a cada noite mais interessado, mais ardente, talvez apaixonado. Ela sonhava.

Não tardou e o ciúme das estrelas cresceu forte e zangado. Não queriam uma nova irmã que fosse morar no céu como a favorita do luar. Juntaram-se e somaram a luz de cada uma delas, e a luz de todas as estrelas reunidas ofuscou a luz do luar.

O luar ficou pálido, fraco, frio. Perdeu seu calor. Já não tinha forças para transformar a bela indígena em astro celeste.

Isso só fez aumentar sua paixão pela moça da lagoa. Embora não tivesse mais energia para levá-la para o céu, ainda olhava sua moça bonita, que a cada noite se banhava no lago sob seus raios agora frios. Triste, ela olhava para o alto, renovando a cada noite seu amor pelo luar.

Cansada de esperar a hora de subir para ficar com ele, a moça resolveu ela mesma ir em busca do amado. Flanqueando a lagoa, a grande montanha separava povos que falavam línguas diferentes. Ela subiu no alto dessa montanha para chegar mais perto do luar.

Do alto da montanha viu o luar refletido no espelho da lagoa. Pensou que ele estava se banhando nas águas, quem sabe à sua procura. Não teve dúvida, atirou-se lá de cima para os braços dele.

Mas foram as águas que a abraçaram e a levaram para o fundo da lagoa. Talvez por ciúme do luar também, quem sabe?

O luar, que não tinha mais calor e força para transformá-la em uma estrela do céu, usou a tênue luz que lhe restava para salvar a amada de morrer afogada. Transformou-a numa estrela das águas, a vitória-régia. E desde aquele instante a vitória-régia reinou sobre as águas.

Agora ela é uma planta majestosa com imensas folhas circulares que boiam na superfície da lagoa e não deixam sua flor perfumada se afogar, uma estrela branca que se abre à noite e que ao nascer do sol se pinta em tons rosados.

O luar pode assim contemplar para sempre sua amada vitória-régia, sua estrela, sem medo de a perder. Final feliz também para a vitória-régia, que pode acolher em suas folhas enormes, receptivas, os raios apaixonados do luar.

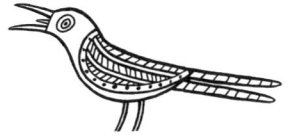

11

O CANTO DO JURUTAÍ REJEITADO

Depois de horas esperando imóvel e atento atrás da moita à beira da água, ele viu a onça-pintada aparecer. Desconfiada, se aproximou para beber. O arco retesado, ele fez pontaria e atirou.

No último instante, antes de a flecha cravar no animal, o curupira surgiu do nada e desviou seu rumo.

A onça, que nem teve tempo de perceber o que acontecia, sentiu um vento soprar suas orelhas e fugiu.

O caçador se escondeu ainda mais, com medo do homenzinho que lhe atrapalhara a caçada. De poucos palmos de altura, cabelos de fogo e dentes azuis, o curupira correu da margem do rio para dentro do mato.

Seus pés invertidos deixaram na areia pegadas enganadoras. Parecia que tinha corrido da floresta para dentro da água. Era assim que ele fazia tantos caçadores se perderem quando saíam em seu encalço.

Por ora não havia mais nada a fazer. O caçador retornou a sua aldeia disposto a tentar de novo no dia seguinte. Precisava da pele daquela onça, somente com ela ganharia a confiança do pai da moça que cortejava. O pai tinha dito que só dava a filha em casamento a quem provasse ser o maior dos caçadores. Teria que caçar a onça-pintada e trazer sua pele como prova.

Muitos dias e muitas noites se passaram, e o caçador em vão permaneceu de tocaia perto do lugar onde a onça bebia água. A onça não aparecia.

Um dia, finalmente, ele entendeu que havia conseguido os favores do curupira. Cada vez que ia àquele lugar, sabendo exatamente onde passava a trilha deixada pelos passos invertidos do curupira, ele deixava ali um presente: abanos feitos de palha, flechas com ponta de pedra, penas azuis e vermelhas das asas da arara. Para reforçar a sorte de que precisava, trazia no pescoço um tajá confeccionado pelo curandeiro de sua aldeia, famoso em toda a redondeza por esses amuletos, que ele preparava com cuspe de beija-flor, unhas de lagarto e o implacável veneno da surucucu, a mais peçonhenta cobra da Grande Floresta. Nada podia dar errado. O caçador acreditou nesse dia que o espírito da floresta aceitara seus presentes. O curupira, que é o senhor da caça, protetor dos animais e inimigo dos caçadores, se deixara conquistar. A onça veio beber e o caçador a matou com uma só flechada.

O pai da moça foi presenteado com a pele da onça e se convenceu de que aquele caçador era o maior de todos. Deu a filha.

Imaginando-se o mais corajoso, o mais sortudo, o mais invejado, o caçador levou a moça para sua casa, mas nunca foi feliz com ela.

Não demorou nada para sentir a mulher distante, triste, insatisfeita. Ele dava presentes que ela não usava, fazia-lhe carícias a que ela não retribuía. Ela inventava desculpas desajeitadas para evitar compartilhar com ele a rede de dormir.

O mais estranho é que todo dia ela desaparecia durante muitas horas. Ele a procurava por toda parte e não a encontrava. Com a pele de onça que um dia juntara os dois em casamento, a mulher se disfarçava e corria para o mato.

Até que um dia ela nunca mais voltou à aldeia.

Num átimo ele entendeu. Por tudo que era sagrado, desejou estar errado. Só podia ser traquinagem do curupira, que tapeara com presentes banais, imaginou o caçador. E caiu em profunda tristeza.

Vieram logo lhe contar que a moça fora vista longe dali, em outra aldeia, e que vivia muito feliz e em nova companhia. Sim, ela ainda vestia a pele de onça, o que só aumentava seu sofrimento de marido abandonado. Quis ver com os próprios olhos, percorreu o longo caminho até a outra aldeia, levou dias e dias. Quando voltou, era outro homem, completamente destruído.

Na aldeia, homens e mulheres riam dele, faziam pouco de sua situação. Diziam que era forte para matar a onça, mas fraco para segurar uma mulher.

O grande caçador de onça perdeu-se em seu desespero. Sua dor era tremenda, como se uma faca rasgasse seu peito sem dó e sem descanso. Retirou-se para a floresta.

Por toda a mata se ouvia então seu clamor desconsolado. Seus gritos de aflição e desespero assustavam até as pedras do rio. Enlouquecido, alternava gritos e gargalhadas. Ria de si mesmo, dava-se ao escárnio que merecem os tolos, os que se deixam enganar pelo orgulho das falsas conquistas e vitórias passageiras. Era esse seu pensamento.

Quando vinha a noite e o pranto continuava, somente a lua lhe fazia companhia, testemunha pesarosa de seu incontido sofrer. Voltar à aldeia não era possível: os que antes o invejavam por sua valentia na guerra e pela beleza de sua mulher, agora o desprezavam, ririam a suas costas.

Com pena do moço, alguma divindade da mata transformou o jovem no jurutaí. Pouco adiantou. Hoje esse pássaro voa noite adentro, ainda observado pela lua, e seu canto melancólico lembra uma gargalhada de dor. Ri de si mesmo, ri de sua desgraça, chora o amor perdido. Ali está o moço transformado no jurutaí que se ri para o luar.

12
QUEM TEM TAJÁ EM
CASA NÃO PERDE SEU AMOR

Dizem que nunca será abandonada por seu amor a moça que tem em casa um pé de tajá, planta que tem grandes folhas verdes triangulares com um coração vermelho impresso bem no meio.

Contam que entre o povo macuxi havia certa moça que sofria muito quando o marido tinha que se ausentar para as caçadas, para a pesca, para a guerra. E ele igualmente sofria longe dela.

Para compensar os dias que passava fora, o marido trazia para a mulher as orquídeas mais bonitas que achava na floresta, ramos de ervas perfumadas para seus cabelos, ricas peles de animais e belas plumas para seu vestuário.

Ela o recebia com finos beijus acabados de fazer, bananas douradas que assava na brasa e potes de água fresca tirada das bromélias. E outras delícias.

Sempre juntos, pareciam ser um só, uma única pessoa.

Mas sempre havia o tempo de partir, e os dois pediam proteção a Jurupari, o grande espírito duro mas justo, para que o retorno fosse em breve e com boa saúde.

Uma dessas ausências se prolongou. Quando o guerreiro finalmente retornou à aldeia, encontrou a mulher doente de febre, quase à morte.

Tudo que se sabia foi tentado para curar a moça, todos os remédios, todos os banhos de folhas e raízes, todos os feitiços benignos, todas as puçangas contra feitiços maléficos. O pajé passava noites e noites ao lado da enferma. Soprava-lhe a fumaça de seu cachimbo invertido para afastar os espíritos maus e chamava os bons com o toque ritmado do maracá; o marido não arredava pé ao lado da rede da mulher. Depois de certo tempo, ela sarou da febre, mas nunca mais pôde andar.

O jovem guerreiro teceu uma tipoia de caruá para amarrar sua mulher às costas, como mães indígenas fazem para levar os filhos pequenos. Agora, onde ele ia, a levava consigo. Não queria mais deixá-la em casa quando tinha que se ausentar. Ele ia caçar, levava a mulher nas costas. Ia guerrear, levava a mulher nas costas. Era assim em tudo que fazia. Mais do que nunca, era como se os dois fossem um só.

Numa dessas estadas fora da aldeia, o guerreiro sentiu que o peso aumentava em sua costas. Chamou pela mulher e não teve resposta. Estaria dormindo? Gritou c cla não acordou. Desatou a faixa de caruá e com cuidado extremo a pôs no chão. Ela estava morta.

O guerreiro cavou um buraco fundo e nele se enterrou junto com o corpo da mulher: já não podiam se separar.

Como os dois não voltaram, muitos da aldeia saíram à procura deles. Só encontraram uma nova planta, que antes não conheciam. Foi sobre a cova dos amantes que nasceu o tajá, que também chamamos de tambatajá e antúrio. Em algumas dessas plantas, a folha traz grudada em suas costas uma outra folha, menor, inseparável.

Perdeu seu amor? Procure um pé de tajá e, com a boca junto ao coração vermelho desenhado bem no meio da folha, peça ao ser amado que volte. Nesse instante, ver o rosto amado no coração da folha é bom augúrio. Ter um pé de tajá em casa sempre é providencial.

Uma ciência que os antigos indígenas repassaram aos caboclos, que ensinaram aos demais.

13

MELHOR VIRAR BICHO
QUE O HOMEM NÃO COME

Lá pelos lados de Roraima vivia Nauá. Sabendo pelos espíritos que a terra seria inundada, ele avisou os homens de todas as nações daquela parte do mundo da iminência do desastre.

Para salvar quem quisesse se salvar, mandou fazer uma grande barca. Os que acreditaram nele entraram na barca e se salvaram da enchente. Quando a água baixou, voltaram a viver em terra como antes.

Plantas havia de todo tipo. A mando de Nauá, homens e mulheres levaram ao barco mudas de plantas comestíveis: bananeiras, cajueiros, pés de mangaba, açaí, cupuaçu, graviola, papaia, pupunha e tantas outras que nem dá para falar. Quando a chuva passou, eles plantaram as árvores e ninguém morreu de fome.

Bicho tinha pouco ali, antes do dilúvio. Depois é que teve bicho de tudo que é jeito. Por causa da teimosia dos homens que não entraram na barca de Nauá.

Os que não acreditaram em Nauá foram engolidos pelo cataclismo e terminaram transformados em seres que vivem na água: golfinhos, peixes, cobras aquáticas, tartarugas e assim por diante.

Houve também aqueles que, em vez de entrar no barco de Nauá, escolheram subir nas árvores para não morrer afogados. Os menores desses foram transformados em formigas, cupins e lagartas de borboletas. Outros, por serem maiores em tamanho e inquietos por natureza, foram convertidos em guaribas, macacos-de-cheiro, macacos-aranhas, saguis, tudo quanto é espécie de símios.

"Pois nós ficaremos por cima das árvores", disseram outros.

Esses foram mudados em aves e morcegos e outros bichos que podem voar bem alto.

Cada um fez sua escolha.

O tamanduá, quando ainda era homem, disse:

"Que serei eu agora? Cutia, paca, anta?".

Preocupado com as prováveis consequências de sua transformação, concluiu:

"Todos esses animais são comidos pelo homem. Isso não quero para mim".

Então se transformou no tamanduá, que é bicho que o homem não mata para comer.

Outros fizeram o mesmo raciocínio e preferiram se tornar jaguar, onça, raposa, todos eles animais que não se comem.

Mas houve os menos espertos, que não pensaram dircito c viraram anta, cutia, cervo, capivara. Coitados, foram caçados e comidos desde o primeiro dia.

E assim aconteceu. O mundo acabou e começou de novo. Só que da segunda vez estava mais completo.

Muitos que hoje vivem não se lembram

como eles e o mundo eram antes, outros não se recordam da escolha que fizeram ou nem querem pensar nisso. Há também os que não gostam do que viraram, mas agora é tarde e não dá para reclamar.

Cada um fez sua escolha e o que foi feito está feito.

14

O UIRAPURU CANTA DE DOR

A história do uirapuru é uma história de amor, como seu canto é um canto de amor. Amor não correspondido, que é o que dói mais.

O jovem guerreiro era um bravo, um herói de seu povo. Não bastasse a fama conquistada na guerra, era um homem de grande beleza e arte. Tinha uma flauta de osso de onça que trazia amarrada à cintura. Tocava a flauta como ninguém, e até os bichos da floresta, embevecidos, silenciavam para ouvir sua música.

Era abertamente desejado por todas as moças solteiras da aldeia, e desejado às escondidas pelas que eram casadas. Apenas uma mulher parecia não se interessar por ele. Justamente aquela por quem ele loucamente se apaixonou.

Era a mulher do cacique, que a trouxera de longe, roubada de outro povo.

Quando ela chegou à aldeia, o jovem guerreiro sabia que seu destino tinha acabado de mudar. A partir daquele dia, tocaria sua flauta somente para ela. E tocava cada vez melhor, cada vez mais alto, cada vez mais perto. Ela não dava sinais de ouvi-lo. Até parecia que a moça não escutava nada.

A mulher do cacique ouvia muito bem, mas não falava a língua do guerreiro e não podia conversar com ninguém, nem mesmo com o marido. Também não compreendia os gestos e sinais daquela gente e tinha medo de entender tudo errado e sofrer castigos e humilhações.

Passava a maior parte do dia dentro da maloca, entretida com as tarefas destinadas às mulheres casadas. Não ia com as outras ao rio para se divertir na água. Não se interessava pelas fofocas dos mais velhos nem se distraia com as trapalhadas das crianças. Tudo que ela entendia era a música da flauta do guerreiro. Amava a música da flauta e amava o flautista. Mas não dava sinais de seus sentimentos, tinha medo de ser mal interpretada.

O cerco do flautista a sua amada acabou por levantar suspeitas, e o cacique, sentindo-se ultrajado, expulsou o guerreiro para a floresta.

Na floresta, ele continuou a tocar, e o vento se encarregava de levar sua música para a aldeia.

O cacique passou a ter um ciúme doentio da mulher estrangeira e a prendeu em casa. A música da flauta entrava na casa. A mulher nada dizia, não reagia. Mesmo assim, ele tinha certeza de que era o flautista que sua mulher amava.

Não suportando mais a situação, o cacique saiu em busca do guerreiro na floresta para flechar seu coração.

Encontrou o jovem apaixonado sentado num tronco caído tocando seu instrumento.

Estirou o arco, mirou o coração do rival e lançou a flecha.

Algum deus que a tudo observava, admirador sincero da música da flauta, transformou o guerreiro num pássaro que voou no exato instante em que a flecha se aproximava de seu coração. A flecha encontrou o vazio onde antes estava o moço e se cravou no tronco.

Na volta à aldeia, o cacique foi atacado por uma fera e morreu. Sua mulher foi devolvida à aldeia de seus pais e nunca mais se soube dela.

O pássaro, que foi chamado uirapuru, canta hoje aquela mesma música. Quem já teve um amor não correspondido sente que seu canto é de dor.

Não há na floresta canto mais bonito. As notas soam claras e metálicas, como se moduladas por um instrumento musical. Quando o uirapuru canta, os outros pássaros ficam mudos. E os humanos sentem o amor palpitar no coração.

No melhor dos mundos, bom mesmo seria ter em casa um uirapuru, infelizmente teria que estar preso em uma gaiola. Mas dizem que o uirapuru engaiolado perde o canto, fica triste e emudecido. Então melhor mesmo é que ele continue a voar livremente, a cantar livremente, e trazer no seu canto o amor por todos desejado.

15

IARA, COMO UM PUNHAL NO CORAÇÃO

O canoeiro remava distraído igarapé acima levando sua carga para o mercado. Caboclo falador, gostava de mangar de visagem, em que, aliás, dizia não acreditar. Porte rijo, dentes sorridentes, peito nu, os pés descalços firmes no chão da montaria que cortava as águas sem muita pressa de chegar. Seguia determinado, o remo marcando o ritmo, os músculos do braço retesados na produção do movimento.

No fundo do barco o fardo de ervas colhidas por ele e sua família na lua cheia para vender no mercado Ver-o-Peso, em Belém: muirapuama, catuaba, verbena, arnica e tantas outras coisas. Também tinha sapucaia, semente de andiroba, castanha-do-pará.

Numa curva do igarapé, viu ao longe, em terra, a soberania da samaumeira e se sentiu um nada diante de tamanha presença. Aquela árvore sempre o deixava inquieto. "Teu fim será perto da samaumeira", se lembrava vagamente das palavras do pajé, em transe com seus caruanas, os espíritos que moravam no fundo dos rios. "Teu fim será nas águas."

Seria ali, naquele ponto do rio, à vista da samaumeira?

"Teu fim será nas águas, se não tiveres o juízo de fugir a tempo."

Ele riu dos próprios pensamentos. Sempre ria, porque toda semana passava por ali e sempre se lembrava da mesma história. Não acreditava em pajés e seus caruanas, fora levado a consultar um deles pela mãe, sempre preocupada com o filho e suas viagens solitárias pelo rio.

"Cuidado com a mãe-d'água. Não lhe dê ouvidos", repetia a mãe.

Na calma daquela manhã, ele voltou a se

distrair com o canto longínquo do uirapuru e com as flores de mururé que contornavam sua embarcação. Viu uma cutia correndo assustada pela margem. De repente, não era mais o pássaro que ouvia, mas uma voz de mulher, doce e agressiva, que lhe dilacerava o peito, que doía. Como a dor de uma facada traiçoeira, que lhe tirava a respiração, um punhal enfiado no coração. A voz silenciou, a dor passou. Uma visagem, à luz da manhã, mas ele não acreditava.

O olhar acompanhou o voo de um pássaro sobre o rio e, no trajeto, foi aprisionado momentaneamente pela luz do sol, que já ia alto, quente e sonolento. Por um segundo, a cegueira o inutilizou.

Fechou os olhos, descansou o olhar e voltou a enxergar perfeito. Mas o que viu na sua frente não estava lá um segundo antes: a mais bonita das mulheres em que seu olhar cobiçoso já havia se deitado. Bem na sua frente, ela emergiu na superfície do igarapé, os longos cabelos pretos escorridos de água, a pele cabocla dourada pela luz do sol. Ela cantava.

O canoeiro, surpreso e temeroso, prestou atenção ao canto da cabocla. Ela falava de amores que a deixaram, era um canto triste. Ele se condoeu, quis consolá-la por suas perdas, dar a ela seu amor. Não entendia mais o que ela cantava, sentia apenas uma comoção que o agarrava por dentro, que se apossava dele, de seu coração, de seu estômago, de sua boca, de seu corpo inteiro.

Ah!, quantas vezes não ouvira os conselhos preocupados da mãe:

"Nunca se aproxime da mulher do rio. A danada da mãe-d'água só quer a vida dos homens. Não escute seu canto. Não olhe para ela. Não deixe a iara arrastá-lo para as profundezas".

Bobagem, ele não acreditava nessas coisas. Para não contrariar a mãe, não se recusara a usar no pescoço a corrente de prata com a medalha benta pelo padre num Círio de Nazaré. A medalha o protegeria.

Estranhamente, pensava nisso no momento em que deixou cair o remo na água e sua canoa girou num remoinho.

O carregamento não chegou ao Ver-o-Peso naquele dia. Nem nos seguintes.

Três dias se passaram, e o corpo de um homem foi dar na margem do rio. Somente pela corrente de prata no pescoço, a medalha despedaçada, reconheceram o canoeiro. O afogado tinha o rosto comido pelos peixes. Mas o que o pajé viu em seus lábios dilacerados não era obra de piranhas. Era a marca de um beijo, o beijo da iara.

16

O BOTO E AS MOÇAS RIBEIRINHAS

O moço bonito de terno branco, chapéu-panamá, cabelo preto fixado com gomalina, sorriso perfeito na boca, chegava sempre sozinho em sua canoa. Não havia festa a que não comparecesse, baile não perdia. Era só soarem os acordes da sanfona e ele aparecia, remando, remando. Onde houvesse água, e ali era o que mais havia, lá ele chegava em sua canoa.

Quem não gostava nada eram os moços do lugar e, menos ainda, os pais das moças. Porque o moço bonito conquistava todas elas. Depois, abandonava cada uma, ia-se embora, buscando sempre um novo igarapé, um outro lugar, uma nova festa, outra donzela.

Falavam que o moço bonito de terno branco era protegido da mãe-d'água. Diziam outros que era filho dela.

Bastava a sanfona tocar e ele chegava, o moço bonito. Tirava a tímida moça para dançar, ou simplesmente ia se aproximando, puxava conversa, se mostrava interessado. Tinha as palavras feito açúcar, era o que se ouvia contar dele, um perigo.

Quando o pai e a mãe e os irmãos da moça estavam distraídos, ou se ela tinha namorado e ele se descuidava, o perigo aumentava e muito.

Se o pai da moça vinha tirar satisfação, o moço logo logo conquistava sua simpatia e até sua confiança. Moço tão educado, fino, decerto de boas intenções. Que engano!

Mais tarde, os dois sumiam da vista dos demais, mas a festa já avançava noite adentro, quem se importava? A bebida agora enganava olhos e ouvidos, todos estavam felizes.

Passada aquela noite, ninguém daquela

vila nunca mais poria os olhos sobre o moço bonito. Ele sumia como tinha aparecido.

A moça ficava chorando. Os pais, os irmãos, todo mundo lamentava a desgraça da donzela, que o moço bonito abandonara esperando criança. Armados, os homens da família saíam pela mata, em vão, procurando o tal do moço.

Um dia, numa comunidade ribeirinha, essa história chegou aos ouvidos de um velho seringueiro. Aconteceu no povoado mais distante que existia nas margens daquele igarapé perdido no meio da floresta. Dali só se alcançava a capital depois de muitos e muitos dias descendo o rio de montaria, remando sem parar.

O seringueiro era homem desconfiado, cioso demais da honra e da felicidade de suas filhas. Delas, a caçula era ainda solteira e a moça mais bonita do lugar. Pretendentes não faltavam.

Naquela festa de São João, o garimpeiro pagou promessa e ofereceu ao santo a reza do terço, seguida do levantamento de um mastro com a bandeira do milagroso batista. Depois, em torno da fogueira, comida, bebida e dança, que era para alegrar a barriga e o coração.

Festejo começado, lá foi chegando pelo igarapé uma canoa trazendo um moço bonito, de terno branco, chapéu-panamá, cabelo preto fixado com gomalina, sorriso perfeito na boca.

Amarrou sua embarcação na margem e caminhou em direção à festa. Ninguém o conhecia, mas ele foi recebido como sempre se recebe um bom cristão que vem em paz.

Deram-lhe o que beber e o que comer, e os olhos do moço já estavam fixados na filha do festeiro. Moça recatada, tímida, mais bonita que qualquer outra mulher. Até as encantadas do rio, se podia imaginar, invejavam a beleza dela.

Então, a sanfona chamou o povo para dançar e o forasteiro convidou a moça para uma contradança. Quem recusaria?

A continuação da história é fácil de adivinhar. Aconteceu o mesmo de sempre, mas naquela festa de São João o final foi muito diferente.

Quando o pai da moça percebeu que o moço bonito tinha entrado na mata levando a filha, pegou sua espingarda e foi atrás. Procura que procura, achou o casal, mas chegou atrasado.

A moça já tinha sido desgraçada. O moço, quando viu o homem chegando, se levantou num pulo. Nem teve tempo de se vestir. Saiu correndo nu em direção ao rio. Seu terno branco ficou caído no chão, junto à roupa da moça, que agora só chorava, imaginando o que o destino lhe reservara. Chorava por ela, pelo moço e pelo pai.

Ao chegar à margem, o moço desamarrou sua canoa e a lançou ao igarapé. Já alcançara o meio do rio, remando alucinadamente, quando o pai da moça saiu do mato, parou na beirinha da água e fez pontaria.

O tiro da espingarda acertou o coração do

moço. Seu corpo tremeu, os olhos se turvaram de espanto, e a boca se contraiu. Não era agora o sorriso que lhe dera fama, mas um ricto de morte. Sua nudez embranquecida pela luz da lua cheia repentinamente se transformou na palidez dos cadáveres.

Da canoa desgovernada, o corpo à beira da morte tombou desajeitado dentro do rio. E sumiu num redemoinho.

O velho se virou de costas e respirou aliviado, sua vingança era justa.

Em algum lugar, na profundeza das águas, alguém se condoeu.

Naquele preciso momento em que vida e morte ainda disputavam a posse definitiva do corpo condenado, mais um encantado surgiu no rio.

Por vontade e força da mãe-d'água, seu filho bonito foi transformado no boto. Desde então, o boto habita os igarapés.

Agora, toda vez que a sanfona anuncia a festa, quando os ribeirinhos se reúnem para festejar a vida, quando as moças do lugar se juntam à espera do ansiado namorado, uma velha história se repete.

Junto à margem do rio, o boto sai da água. O sorriso sedutor de novo toma conta da cara do moço bonito. Ele veste seu terno branco, que encontra jogado no mato. O cabelo com gomalina, os dentes brancos como joias, aquele jeito de andar de quem passou parte da vida se equilibrando na canoa, ele chega à festa. Ninguém vê o encantado, a não ser a moça bonita que espera ansiosa por um namorado.

Assim, quando uma das moças solteiras começa de repente a criar barriga e o povo começa a falar, haverá quem se lembre da velha história.

"Foi o boto", esse alguém dirá.

Filhos do boto é o que não falta entre os ribeirinhos habitantes da floresta.

17
COBRA NORATO,
MOÇO BOM E BONITO

Cobra Norato era irmão gêmeo de Maria Caninana, que belo par. Serpentes de pele escura com os nomes cristãos de Honorato e Maria, com que os irmãos foram batizados de propósito. Para que não se dessem depois de crescidos às más ações que são próprias dos bichos e dos pagãos. Era o que pensava sua mãe, uma jovem indígena que, ao se banhar no rio, engravidara do boiuna, a grande cobra-de-prata.

A mãe atirou os filhos gêmeos no rio e eles cresceram livremente, revirando ao sol o dorso negro, dando cambalhotas na água, expelindo vapor d'água das ventas com alegria animal. Surgiam de repente nas águas revoltas do rio e assustavam os canoeiros, que fugiam remando com toda força e velocidade. Os irmãos eram felizes, só não podiam viver sempre em terra.

O batismo deu certo em Cobra Norato, que era bom e nunca fez mal a ninguém. Salvou muita gente de morrer afogada. Não funcionou com Maria Caninana, que se tornou perversa e gostava de praticar o mal.

Maria Caninana aterrorizava tudo que vivia no rio. Virava as canoas dos pescadores e os matava afogados, feria os peixes e envenenava as ariranhas, as pacas e as capivaras. Até a cutia, quando ia beber água no rio, era vítima da Caninana.

Para livrar o mundo de tal aberração, Cobra Norato matou sua irmã gêmea.

Honorato era forte e bonito, e a luz da lua brilhava em suas escamas. Quando o jurutaí cantava chamando a companheira e a lua vagava pensativa no céu pintando de prata as folhas da floresta, Honorato se movia sinuosamente à flor das águas escuras e se aproximava da barranca do rio. Em terra, chacoalhava o corpo e se desfazia de sua grossa pele de cobra. De dentro saía um moço bonito, de feição radiante e corpo musculoso, de pele branca e cabelos pretos. Ele deixava seu casco escondido entre as folhas e caminhava até a casa de sua mãe. Antes de amanhecer, estava de volta. Virava de novo cobra e logo sumia nas águas escuras do rio.

Numa dessas visitas à casa da mãe, ela revelou a fórmula de seu desencantamento, e desde então Cobra Norato não sossegou.

Uma vez por ano, na lua certa, ele pedia a algum amigo que o desencantasse. Muitos tentaram e todos recuaram. Tinham medo de chegar perto da boca da cobra, com aqueles dentes afiados cuja mordida seria morte certa. Cobra Honorato chorava de tristeza.

Honorato era moço bom, bonito, e companhia das melhores moças era o que não lhe faltava. Queria tanto se casar, mas nunca se atreveria ao sofrimento, à humilhação de ver sua mulher fugir correndo da cobra.

135

Num dia de festa na cidade de Cametá, Norato saiu do rio, deixou seu casco de cobra escondido no mato e foi dançar e se distrair. Gostava de beber, fumar e conversar com os amigos.

No baile conheceu um soldado que disse não ter medo de nada, nem de vivo nem de morto. Mangava do perigo, dava susto em encantados e escorraçava as visagens que aparecessem em seu caminho. Ninguém ria da valentia do soldado. Nem de sua pavulagem. Não temia jacaré nem onça. Medo de cobra? De jeito nenhum, não tinha medo nem de bala!

O soldado ouviu a súplica do novo amigo, que lhe revelou em confiança seu segredo. Podia contar com ele, sim, senhor.

Dia amanhecido, saíram para providenciar o desencantamento de Cobra Norato. Na frente de uma casa, a uma mulher que amamentava à sombra de uma mangueira centenária, pediram um pouco do leite de seus seios. Na venda da boca da mata, compraram um machado novinho, lâmina virgem que nunca fora usada. Seguiam à risca a receita passada pela mãe de Norato.

Despediram-se. Mais tarde, conforme o combinado, o soldado foi para o rio. Levava o machado virgem e uma cuia com o leite de mulher.

Encontrou a cobra dormindo à beira da água. Com a boca aberta, os dentes ameaçadores de fora, ela ressonava. Chegou pertinho, com um pouco de nojo mas sem medo. Pingou três gotas do leite de mulher na boca do réptil monstruoso e com o machado virgem decepou sua cabeça. Pegou na ponta dos dedos três gotas do sangue preto que esguichava para todos os lados e se benzeu com ele. Assim não corria perigo de sofrer qualquer consequência naquele ritual de desencantamento. Honorato estaria salvo, e ele, em segurança.

Queimou a cabeça da cobra até virar cinzas, que jogou no rio. Em seguida, pegou o machado e abriu de cima para baixo o corpo imóvel do monstro. Honorato, o moço bom e bonito, saiu de dentro da cobra. Livre para sempre, completamente humano.

Honorato viveu feliz por muitos anos em Cametá. Naquelas bandas se casou e teve muitos filhos.

Por toda a redondeza, ainda hoje os canoeiros prestam atenção nas águas revoltas do rio, antevendo, apreensivos, Cobra Norato surgir ali de novo. E se for a terrível Maria Caninana que volta, e não o bom Cobra Norato? Afinal, não são gêmeos, cobras iguais?

18

QUERIA SER

O ÚNICO HOMEM DA ALDEIA

À margem de um igarapé que cortava a floresta a caminho de outros rios, que avançavam para se juntar ao Amazonas, Tuna fundou sua aldeia. Fazia-se acompanhar apenas de suas inúmeras esposas e estava determinado a ser, naquela aldeia, o único homem vivo. Ordenou a suas mulheres que sacrificassem os filhos homens que viessem a nascer. Só as meninas seriam bem-vindas.

E assim foi, e a aldeia cresceu sob o reinado absoluto de Tuna sobre suas mulheres e filhas.

Quando ele já estava velho, sua esposa mais nova deu à luz um menino, que deveria sacrificar, segundo o costume havia

muito em prática. Aconteceu que o recém-
-nascido era tão feio, mas tão feio, que a
mãe ficou com pena de o matar e o escondeu numa caverna para onde fugia para
amamentá-lo. As outras mulheres não podiam saber disso. Julgavam que ela tinha se
livrado da enjeitada cria.

Inconformada com a feiura do menino,
a mãe lhe deu todos os remédios que conhecia. Ele continuava feio, cada dia mais
feio.

Instruída por um sonho, ela mudou o tratamento. Num tipiti que usava para extrair
o veneno da mandioca-brava ralada, pôs o
menino e o espremeu. Foi saindo um suco
de aparência estranha, feia e doentia, verti-
do em grande quantidade. Deixou o tipiti
pendurado até ser expelida a última gota da
feiura do menino.

Com isso, veio a grande transformação:
o filho, livre daqueles humores, era agora a
mais bonita criança já vista por ela em toda
sua vida.

Tratou, mais do que nunca, de manter o menino escondido.

Os anos se passaram e a criança se tornou um rapaz forte e bonito. Que continuava, aliás, escondido.

As outras mulheres suspeitavam da mãe do menino e a seguiam, pensando que a surpreenderiam com outro homem, de outra aldeia, com quem decerto andava traindo o marido. Mas ela era esperta, conseguia se safar e, por segurança, mudava constantemente o esconderijo do filho, agora belo rapaz.

Por fim, as mulheres descobriram o lugar secreto, mas antes que chegassem perto do moço, a mãe, num gesto extremo, escondeu o filho no fundo da lagoa.

Somente quando tinha certeza de que as mulheres estavam longe, a mãe chamava por Tunaré, o filho. Então, ele saía para respirar e passava algumas horas com ela.

Não demorou muito, e a mãe teve uma surpresa. As mulheres não somente encontraram seu filho nas águas da lagoa, como faziam de tudo para seduzi-lo, não deixavam o pobre do moço em paz.

A mãe o escondeu noutro lugar. De novo ele foi encontrado. Outro esconderijo e mais outra descoberta. E assim foi, até o dia em que a mãe se atrasou e o belo rapaz não teve como escapar do assédio das mulheres de Tuna.

Tuna estava velho, mas não estava morto. Desconfiado da inusitada alegria repentina de suas mulheres, dos cochichos que trocavam amiúde, da recente preocupação de cada uma em se enfeitar, ele as seguiu e acabou descobrindo o segredo.

Foi à noite ao lugar onde o rapaz ficava e o matou. Depois levou o corpo esquartejado para sua choupana e dependurou os pedaços bem na porta para todas verem.

As mulheres entraram em desespero e quiseram roubar as partes mortas de Tunaré. Tuna as enxotou e elas fugiram dali para nunca mais voltar.

Tuna ficou sozinho.

Velho, fraco e doente, Tuna teve que ir ele mesmo atrás de comida. Foi ao roçado plantado pelas mulheres, arrancou umas raízes de mandioca e as levou para casa.

Ao chegar, viu que havia beijus recentemente preparados esperando por ele. Comeu até se fartar e depois dormiu.

No dia seguinte aconteceu tudo igual. Quem estaria fazendo os beijus para ele?

No terceiro dia, fingiu ir de novo à roça e se escondeu para descobrir o que acontecia. Viu o papagaio descer do poleiro para o chão da maloca e chacoalhar as penas até se transformar em uma de suas jovens esposas. Ela não tinha fugido com as outras e se transformara no papagaio para cuidar do marido velho sem ser vista. As outras mulheres a matariam se soubessem.

Feliz com a companhia, e com os beijus, Tuna queimou as penas do papagaio e o encantamento foi desfeito. A jovem esposa viveu feliz com ele até o fim dos dias do grande

145

chefe que desejou ser o único homem de sua aldeia. Como foi de novo, no final.

A mãe de Tunaré, antes de fugir, recolhera os pedaços do filho e os devolvera à lagoa, onde hoje nadam peixes que antes disso não existiam.

19

AJURICABA NÃO SE
RENDE AO HOMEM BRANCO

Na margem esquerda do rio Negro, a meio caminho do encontro com o Amazonas, no coração da floresta, vivia o povo manao, chefiado por Huiuebéue, filho de Caboquena.

Sob a proteção do grande espírito Mauari, conforme anúncio do pajé, nasceu Ajuricaba, filho de Huiuebéue, neto de Caboquena. Ajuricaba foi criado para ser grande guerreiro e herdeiro do pai.

Já era um jovem casado quando viu chegar a sua aldeia um bando de homens brancos, vestidos e armados: colonizadores odiados por sua gente.

Para espanto de Ajuricaba, Huiuebéue recebeu os inimigos com as honras que se ofereciam aos aliados. Levou dois deles ao interior de sua maloca e bebeu com eles uma cuia de caxiri. Selavam acordo de paz e amizade duradoras.

Chamado pelo pai, Ajuricaba se recusou a beber com os brancos. Pegou com raiva a cuia que o pai lhe estendia e a atirou longe, para fora da maloca. Ajuricaba tinha o mau gênio do avô Caboquena, de quem também herdara o ódio aos portugueses, com quem agora o pai se unia.

Os homens brancos riram, acreditando que aquele gesto do jovem indígena fazia parte do ritual. Huiuebéue ficou quieto.

Quando os brancos partiram, Huiuebéue expulsou o filho da aldeia por três luas. Ajuricaba juntou suas coisas, tomou a mulher e se retirou para o mato. Muitos manaos ficaram doentes, porque Mauari, o grande espírito, acompanhou Ajuricaba ao exílio temporário.

Findo o castigo, o jovem guerreiro voltou para casa, e todos ficaram impressionados com sua aparência: estava mais alto, mais forte, mais majestoso. Transformara-se num homem de grande poder físico e beleza. Sua coragem crescia a cada dia e a disposição de lutar contra os invasores brancos, que roubavam e escravizavam os indígenas, logo se fez notória além dos domínios dos manaos. Os brancos já o consideravam seu principal inimigo. Mas dominar toda aquela região não seria possível sem antes vencer o filho de Huiuebéue.

Os desentendimentos com o pai por causa dos acordos com os brancos só aumentaram, mas Huiuebéue era o chefe e ninguém podia contrariá-lo. Ajuricaba mais uma vez foi expulso, levando a mulher e o filho que crescia na barriga dela.

Subiu para as terras do Norte, a muitos dias de viagem pelos igarapés e trilhas da floresta. Em terras onde chegou depois de ultrapassar as montanhas, conheceu outros homens brancos, que falavam uma língua diferente da dos portugueses. Poderia se aliar a eles, se isso favorecesse expulsar os portugueses.

Não tardou a se decepcionar: o homem branco, falasse a língua que falasse, significava o fim do povo da floresta, fosse ele manao, tucano, baré, caiapó, ticuna, cambeba, tariana, deni, cocama, piratapuia, desano, baniua, sateré-maué, mundurucu ou qualquer outra nação indígena. Ajuricaba decidiu voltar imediatamente para sua aldeia.

No caminho de volta do Norte, Ajuricaba encontrou guerreiros de seu povo que iam à sua procura, para lhe contar que seu pai havia morrido de febre.

Ele devia voltar para ser o novo chefe no lugar de Huiuebéue, que havia sido o chefe no lugar de Caboquena.

Soube pelos guerreiros que os brancos haviam traído o acordo com Huiuebéue e levado muitos manaos como escravizados.

Ajuricaba foi feito chefe e preparou seu povo para a guerra.

Seu filho Cueánaca já podia lutar, apesar de ser ainda uma criança. Foi ele que avisou o pai que vira uma grande expedição de portugueses subindo o rio numa grande frota, trazendo com certeza muitas armas de fogo. Vinham para matar.

Foram recebidos com as armas de que dispunham os manaos: arco e flecha, lança e tacape, coragem e amor à liberdade.

Os arcabuzes portugueses eram mais poderosos. Foi grande a matança.

Cueánaca, guerreiro-criança, foi dos primeiros a cair. Ajuricaba pensou que Mauari o abandonara, mas recuperou a confiança e organizou a resistência com os poucos homens que sobravam vivos.

Finalmente foi capturado. Os inimigos o queriam vivo. A fama de Ajuricaba se espalhara entre os mais diferentes povos da floresta. Ajuricaba conquistara a confiança de trinta aldeias da região, e seu nome já significava resistência ao avanço português. A presa deveria ser exibida por toda a Amazônia.

O poder e o mando do colonizador ganhariam mais respeito.

Ajuricaba não daria mais esse trunfo ao conquistador. Amarrado no barco que o levava a Belém, onde o branco já se estabelecera como novo dono da terra, o guerreiro vencido juntava suas forças e mantinha seu espírito em comunhão com Mauari, sob cuja proteção viera ao mundo para ser o filho de Huiuebéue.

No caminho, uma forte chuva ameaçava afundar o barco nas águas agitadas do rio Negro. Ocupados em evitar o naufrágio iminente, os soldados afrouxaram a vigilância sobre o prisioneiro.

Sob a tempestade, Ajuricaba se livrou das cordas que lhe prendiam os pés e, de mãos ainda atadas nas costas, correu para a proa da embarcação. Ele não seria usado como emblema para intimidar e submeter sua gente. Ajuricaba se atirou nas águas escuras e revoltas do rio.

Dele se diz que foi levado por Mauari.

Onde habitou Ajuricaba foi erguido o forte de São José do Rio Negro. Dessa fortaleza nasceu uma cidade denominada Barra do Rio Negro, mais tarde chamada Manaus, que na língua de Ajuricaba e seu povo quer dizer "Mãe dos deuses". Em memória dos primeiros donos do lugar. Ajuricaba e sua gente não foram esquecidos.

20

DOM SEBASTIÃO
VIVE NA PRAIA DO LENÇOL

Aos 4 de agosto de 1578, dom Sebastião, rei de Portugal, desapareceu na batalha de Alcácer-Quibir, travada contra os mouros, em terras do Marrocos, na África. Tinha vinte e quatro anos e seu corpo nunca foi encontrado. Se é que morreu, morreu sem deixar herdeiro direto ao trono.

Em decorrência da grande crise de sucessão que se seguiu, Felipe II, rei da Espanha, acabou sendo proclamado monarca de Portugal no ano de 1580. Dom Felipe era o parente mais próximo de dom Sebastião na linha sucessória. O domínio espanhol sobre Portugal durou sessenta anos.

Os portugueses não acreditaram que dom Sebastião tivesse morrido e, durante os anos da dominação, esperaram que ele voltasse para livrar Portugal do jugo da Espanha. Um dia ele chegaria em sua caravela com seus soldados e restabeleceria a independência de seu país. Ele não voltou. Os portugueses continuaram esperando ao longo dos séculos. E esperam até hoje.

Dom Sebastião não morreu. Fugindo dos mouros, sua caravela se perdeu na imensidão do oceano e acabou dando com os costados no litoral do Brasil. Com ele, vieram nobres de sua corte, destemidos marinheiros de sua frota e valentes guerreiros de seu exército. Com seus fiéis gentis, dom Sebastião se encantou na praia do Lençol, no Maranhão. No Pará, entretanto, dizem que ele está encantado na praia do rei Sabá, em São João de Pirabas, ou ainda no largo da Princesa, na praia de Marudá.

Não se sabe com certeza em qual desses lugares ele vive até hoje. O certo é que seu navio ainda pode ser visto na praia do Lençol, atravessando o Boqueirão até o porto de Itaqui. Iluminada contra o negror da noite, velas esfumadas, a caravela se mostra aos que acreditam em dom Sebastião nas noites sem lua, quando o mistério é mais denso e as certezas menos absolutas. Um dia voltará a Portugal, levando seu rei.

O rei encantado tem muitos descendentes na praia do Lençol, toda uma população que habita as dunas que se estendem numa grande vastidão, açoitadas sem clemência pela luz do sol. Para se diferenciarem dos demais, nascidos de negros, indígenas e mestiços, os descendentes de dom Sebastião que vivem ali têm a pele totalmente branca dos albinos, como a alva tez do jovem rei.

Dom Sebastião e sua corte podem ser vistos cm locais dc culto da religião de origem africana que se formou em Belém e São Luís e que daí se espalhou por toda a Amazônia, chegando a outros pontos muito distantes do país. Eles se mostram no corpo de seguidores da religião e dançam e festejam sua encantaria amazônica.

Com o tempo, outros reis e rainhas, príncipes e princesas e nobres europeus de vários calibres se juntaram à família dos encantados da praia do Lençol. Alguns preferiram assumir um nome local, e não sabemos com certeza de onde vêm. Talvez tenha sido necessário que se escondessem numa outra identidade. Outros mantêm seus nomes originais, e não é difícil relembrar os contos e lendas que perpassam suas vidas.

Quando os tambores tocam nos terreiros e os encantados gentis tomam o corpo de mulheres e homens da religião, dom Sebastião pode aparecer. Quem enxerga o invisível diz que ele vem encantado num grande touro negro. Os devotos pedem a dom Sebastião que nunca vá embora, que fique para sempre e os ajude a vencer as duras batalhas do dia a dia, a recuperar a saúde perdida na labuta diária, a refazer as esperanças que se extraviam na travessia do oceano da vida.

O grande touro negro, por sua vez, espera

o dia em que encontrará na praia deserta e escura uma linda mulher que não terá medo dele e que lhe dará um belo de um coice em vez de fugir dele em disparada. Quando isso acontecer, o encantamento se quebrará, e dom Sebastião ordenará o levantar velas, tomará de novo o comando ao leme do navio e, acompanhado de seus filhos, de seu poderoso exército e de seus nobres amigos, voltará para Portugal.

21
TRÊS MULHERES FORTES
ENTRE OS FILHOS DO REI DA TURQUIA

O rei da Turquia, que entre nós adotou os nomes de dom João de Barabaia e Ferrabrás, teve muitas mulheres e muitos filhos. Derrotado pelos cristãos nas Cruzadas, nove ou dez séculos atrás, veio se refugiar no Maranhão, onde tem uma grande família.

Muitos filhos turcos do rei têm nomes indígenas, como Japetequara, Tabajara, Itacolomi, Tapindaré, Jaguarema e Ubirajara. Nomes trocados, puderam se esconder mais facilmente da Inquisição, que perseguia judeus, muçulmanos e católicos pecadores. Livraram-se da fogueira em que os inquisidores queimavam aqueles que contrariavam sua fé religiosa.

Japetequara ocupa o posto mais alto na

167

família da Turquia, secundado pela também turca dona Rosalina, que se acredita ser nada mais nada menos que a cobra-grande da lagoa. Disfarce compreensível.

A cobra-grande da lagoa, isto é, dona Rosalina, vivia no lago do Utinga e decidiu um dia se mudar. Foi se arrastando sinuosamente através da floresta. No seu trajeto, derrubava árvores e esmagava bichos e arbustos. Por onde passou sobrou uma trilha larga e profunda.

Com muitos dias de chuva, esse comprido e sinuoso leito seco se encheu de água, virou um igarapé e assim está lá até hoje. Basta perguntar pelo rio Guamá, e todos mostrarão onde fica. Os que chegaram depois fundaram ali uma aldeia que cresceu e virou a cidade de Belém. O lago continua no mesmo lugar, no meio do parque do Utinga, cercado pela grande cidade e habitado por dona Rosalina.

Outra filha do rei da Turquia é Jarina, princesa e cabocla dada em adoção por seu

168

pai a Dom Sebastião. Jarina foi criada como fidalga cristã sem nunca ter renegado a fé muçulmana do pai. É moça bonita, recatada, calma e muito dócil, de fala mansa e dança lenta, podendo se transformar numa fera quando acuada ou quando os seus correm perigo. Outras vezes é muito alegre e brincalhona, e bebe álcool de fazer inveja aos maiores bebedores. Triste ou alegre, introvertida ou desregrada, amiga ou oponente, o que mais chama a atenção em Jarina é sua pele branca e brilhante.

Jarina foi para Belém, onde também usa o nome de Cabocla Braba. Essa alcunha pertenceu originalmente a sua outra irmã, a cabocla turca Mariana, também filha de Dom João de Barabaia, o rei da Turquia. Mariana permaneceu ao lado do pai turco e ajuda a dirigir a família, tendo se mostrado valente marinheira e feiticeira de grande prestígio, além de parteira de renome.

Um dia, Jarina foi enviada a uma terra distante, que hoje chamamos Acre. Negócios de família. Deixou a cabocla Mariana, a princesa turca encantada na arara cantadeira, cuidando de sua casa em Belém, e partiu num barco da família.

Já bem distante dali, o barco, que subia o rio com bandeira turca, foi surpreendido por navios cruzados, que levavam a bandeira de Cristo e andavam à caça de embarcações mouras. Jarina se identificou como filha do rei Dom Sebastião, rezou a ladainha em latim, para mostrar que era cristã bem-educada na fé, e pediu passagem livre para si e para os seus.

Os cristãos deixariam Jarina seguir viagem, mas a tripulação e demais passageiros do navio turco seriam presos e julgados como inimigos.

Jarina não se conformou e se transformou numa onça brava, que devorou os cruzados. Quando acordou, ela ficou muito triste. Tinha defendido seus irmãos turcos, mas matara os irmãos católicos.

Pesarosa, Jarina se atirou ao chão e se

encantou numa palmeira nascida naquele instante, muito alta e carregada de frutos. Quando abriram o fruto da palmeira, encontraram uma verdadeira joia vegetal. O miolo da fruta, do tamanho de um ovo, era duro, branco e brilhante como o marfim, como a pele nobre de Jarina. Chamaram o marfim da palmeira de Jarina, como é chamada a filha do rei da Turquia criada pelo rei Dom Sebastião de Portugal, dois inimigos unidos num só destino.

Quando a tristeza passou, Jarina voltou a dançar com sua gente. Mas ainda gostam dela na forma de marfim da palmeira. Muitos artesãos ganham a vida fazendo belas peças entalhadas de jarina, suvenir precioso disputado pelos turistas que se encantam com a Amazônia.

Mariana se mudou para São Paulo, onde liderou por muitos anos quatro gerações de filhos e afilhados de Jarina, mas continuou viva na Amazônia, no voo da arara cantadeira e no corpo de muitos pajés. Vira e mexe, vai a Belém visitar a irmã dona Rosalina, a cobra-grande que continua a tomar conta do lago do Utinga, onde vive submersa, do rio Guamá e do povo da cidade que viu nascer.

22

MATINTAPERERA
OFERECE SEU OSSO DE ANJO

O assobio tenebroso de matintaperera não deixava ninguém dormir, assustava as crianças, metia medo. Melhor era dizer bem alto: "Passe aqui em casa amanhã cedo e lhe darei tabaco". Outra saída era oferecer café, ou ambos. A matintaperera sossegava e passava no dia seguinte para pegar a oferenda. Agora se podia dormir em paz.

A mulher do artesão não se ligava em crenças como essa, do que ela gostava era de comprar. Tudo que via queria comprar. Um vestido, um par de sapatos, um anel de cobre, fosse o que fosse, ela batia os olhos e reagia dizendo: "Eu quero". Também podia se tratar de um cacho de açaí oferecido no mercado Ver-o-Peso, ou um pote de mel, um par de botões de escamas de pirarucu, um sabonete de copaíba, um maço de ervas de cheiro, qualquer coisa. Ela diria: "Eu quero". Era uma doença. Pobre do marido, o artesão trabalhava dia e noite para satisfazer os desejos consumistas da mulher.

Da matintaperera diziam que tinha um osso de anjo, que lhe dava muito poder. Era bruxa de muita força e grande habilidade mágica. Dádivas do osso de anjo. Soubesse a mulher do artesão do tal osso de anjo, por certo ela diria: "Eu quero".

Conta-se que, em visita a uma comadre, a mulher do artesão viu pela primeira vez uma lâmpada elétrica e quis comprá-la imediatamente da comadre, que se recusou a vendê-la. Tanto a mulher do artesão gritou "eu quero, eu quero" que a levaram ao pajé, imaginando que estava tomada por espíritos atormentados.

Pensando se tratar de alguma arte da matintaperera, o pajé aconselhou o marido a oferecer à bruxa café e tabaco. O marido, que fazia de tudo pela mulher, foi à janela e proclamou: "Passe lá em casa amanhã cedo e lhe darei café e tabaco". Na manhã seguinte, pôs o prometido no portão da casa, esperando que a matintaperera fosse buscar. Também comprou uma lâmpada e deu de presente a sua mulher. Ela sossegou.

Tabaco e café eram duas necessidades que a matintaperera não podia suprir com seu poder de magia. Para os conseguir também não podia pedir diretamente a ninguém. O que ela fazia era atormentar as pessoas com seu terrível assovio e esperar que elas lhe oferecessem, por livre iniciativa, os preciosos produtos.

Apesar de seu poder, a matintaperera era desprezada pelos habitantes do lugar. Quando mandava seu feitiço, o enviava por um pássaro portador e não mostrava a cara, mas para buscar a oferenda tinha que comparecer em pessoa. Quando ela vinha pegar o café ou o tabaco ou ambos, que conseguira de tanto perturbar com seu horrível assovio, sempre havia alguém espiando pelas frestas da porta. Não conseguia, assim, esconder sua identidade.

Sabiam quem ela era e a repudiavam. Ninguém a queria por perto, não lhe diziam sequer um bom-dia. Falavam que por isso ela era muito infeliz, apesar de seu poder de bruxa.

Assim passaram-se os anos e as mesmas histórias, como sempre, se repetiram inúmeras vezes.

Até o dia em que a matintaperera estava para morrer. Para se libertar de sua triste sina e poder partir em paz para o outro mundo, ela tinha, ainda em vida, que passar adiante seu osso de anjo. Quem aceitasse ficar com ele, herdaria também seus poderes e seu cargo. Devia ser a moradora de uma das casas em cuja porta um dia matintaperera recebera café e tabaco.

Mas quem, em sã consciência, ia querer tal herança? Ter poder era bom, mas o preço a pagar era demasiadamente alto.

A matintaperera alcançara seus últimos minutos de vida e estava desesperada. A morte já batia a sua porta e mostrava sinais de impaciência.

No leito de morte, juntou as poucas forças que lhe restavam, ergueu no ar o osso de anjo e gritou:

"Quem vai querer?".

O apelo foi ouvido na casa do artesão e prontamente respondido com um sonoro "eu quero".

Desde esse instante, a cidade tem uma nova matintaperera, e ela mora na casa do artesão. Ele faz de conta que não vê a mulher sair diariamente muito cedo, sem fazer ruído para não acordar o marido, ainda na cama, e voltar logo depois trazendo café e tabaco.

Ele lamenta a sina da mulher, mas nada diz. Nem lhe pergunta nada. Talvez o que aconteceu tenha sido merecido.

"Quem vai querer?"

179

23

MACUNAÍMA
FAZ E DESFAZ, VIRA E FAZ VIRAR

O sol andava atrás da lua, mas nunca a encontrava. Quando o sol chegava, a lua já tinha ido embora. Para encontrar a lua, o sol ora se atrasava ora se adiantava. Até que finalmente aconteceu um eclipse, que assustou os indígenas. Em compensação, o sol conseguiu seu intento: se uniu com a lua.

Desse encontro, a lua ficou grávida. O maior problema é que não ficaria nada bem a lua andando pelo céu arrastando uma enorme barriga.

Então, puseram a futura criança na barriga de uma mulher que já tivera muitos filhos e que nem percebeu que o filho não era seu.

A mulher era de uma nação indígena que habitava lá pelos lado do norte do Norte, onde a mais alta das montanhas se juntava aos verdes campos sem fim de Roraima.

O menino nasceu, uma coisinha de nada, e foi chamado Macunaíma. Jiguê, Manape, Anziquilã, Uacalambe, Anique, Aculi e Cali eram seus irmãos.

Macunaíma já nasceu reclamando: "Ai que". Na língua deles era o mesmo que dizer: "Que preguiça!". Além dessa frase, não disse mais nada até completar a idade de seis anos.

Criança de colo, ainda que não falasse mais do que o "ai que", isto é, "que preguiça!", pediu um dia a Safará, mulher de seu irmão Jiguê, que estava ocupada fazendo beijus, que o levasse para passear no mato.

A cunhada disse que estava ocupada. Ele abriu o maior berreiro, embirrou.

A mãe mandou Safará, mulher de Jiguê, levar a criança para passear no mato.

Então ela foi, Macunaíma no colo.

Na beira do mato, ela o pôs no chão, e ele pediu para ir mais longe, porque ali tinha formigas. Ela disse que não tinha, não, e que estava cansada de o carregar no colo.

Ele abriu o maior berreiro, birra das bravas. Chorou e esperneou.

Ela se rendeu e o levou mato adentro, bem longe de casa, bem escondido.

Quando ela o pôs no chão, Macunaíma se transformou num homem muito grande e forte e começou a bolinar a cunhada. Eles brincaram a tarde toda.

Quando ela voltou para casa com o pequeno Macunaíma no colo, já era quase noite. Ela estava cansada. O marido não gostou.

No dia seguinte, outra vez Macunaíma quis passear no mato com a cunhada, que estava ocupada de novo com os beijus, mas que foi logo dizendo:

"Pode deixar que eu levo. Não tenho mesmo nada para fazer".

De noite ela estava exausta. O marido não gostou.

E assim foi, cada dia um passeio novo, uma cunhada fatigada e um marido cada vez mais desconfiado. Em casa, Macunaíma continuava o menininho mirrado, fraquinho e chorão. No mato, era o rapagão fogoso e desavergonhado.

Até que Jiguê os seguiu e deu o flagrante, pegou os dois com a boca na botija. Devolveu Safará para o pai dela e deu em Macunaíma uma surra de criar bicho.

Macunaíma era o irmão mais novo de Manape, o maldito, que derrubou a árvore do mundo. A árvore dava todos os tipos de frutas boas e fora encontrada pelo irmão Aculi. Era tempo de fome, e Aculi colheu bananas na árvore, comeu, matou a fome e foi para casa dormir. Não contou para ninguém sobre a árvore.

Macunaíma percebeu a barriga bem alimentada do irmão e, quando este dormiu, abriu sua boca e descobriu restos de banana. No dia seguinte, Macunaíma mandou o irmão Cali seguir Aculi, e ficou sabendo de tudo.

Então Macunaíma levou Manape à árvore que dava todas as frutas e o mandou catar as frutas que estavam caídas no chão. Cali quis trepar na árvore, mas Macunaíma disse que não. Ele subiu assim mesmo e as vespas picaram seus olhos. Ficou com os olhos inchados até hoje.

Num dia em que não havia bananas no chão para recolher, Manape quis derrubar a árvore para pegar as frutas, mas Macunaíma não deixou. Manape acabou cortando a árvore assim mesmo, e a água que saiu do tronco cortado inundou tudo, e a própria árvore derrubada virou uma montanha, tão grande era ela.

Sem árvore não teve mais fruta, e sem fruta teve fome. Por isso, o irmão mais velho de Macunaíma é chamado de Manape, o maldito.

Somente quando o dilúvio que saiu da árvore baixou eles puderam plantar os caroços das frutas, e muitas árvores nasceram. Mas agora cada fruta com sua árvore, nada de uma árvore só para todas as frutas. Aquilo acabou, para sempre.

Ainda bem pequeno, Macunaíma costumava acompanhar a família no banho de rio. Entrava na água e aprontava. Tudo que era mulher dentro da água ele bolinava, o cara de pau. Depois debochava dos maridos e cuspia neles. E ria sem parar. Foi na época em que ele pegou a anta na armadilha.

Manape viu o rastro de uma anta e preparou-lhe uma armadilha. Com fibras de caruá fez um laço, que armou no caminho onde a anta costumava passar.

Macunaíma viu o irmão fazendo o laço e, agora que falava mais coisas além do "ai que", disse:

"Para que isso?".

"Para pegar a anta."

"Também quero."

"Quer o quê?"

"Fazer um laço, pegar a anta."

O irmão riu de Macunaíma e disse que

aquilo não era coisa para criança. Macunaíma gritou e esperneou por vários dias, até que Manape, para se livrar daquela amolação, deu as fibras para Macunaíma.

Macunaíma fez um laço e armou sua armadilha de anta numa trilha em que não passava anta nenhuma.

No dia seguinte, o irmão foi olhar sua armadilha e voltou de lá sem nada.

Macunaíma mandou sua mãe olhar a armadilha dele, e ela voltou contando que havia uma anta presa no laço. Macunaíma disse à mãe que desse uma ordem a Manape para buscar a caça.

O irmão riu e disse que nenhuma anta ia cair em armadilha de criança. Se ele era o irmão mais velho e não tinha pegado nada, como a anta cairia no laço de um pirralho? A mãe insistiu e dessa vez ele foi. A mando de Macunaíma, levou sua mulher para ajudar. Mas devia trazer a anta inteira para Macunaíma. Ele distribuiria pessoalmente as carnes entre os membros da família.

Manape contrariou a vontade do irmão caçula: voltou com as carnes já separadas e distribuiu os pedaços aos demais irmãos. Todos mataram a fome e ficaram contentes. Mas, para Macunaíma comer, Manape deu somente as tripas da anta. Macunaíma ficou com a maior raiva do irmão mais velho. Por isso se deitava com a mulher dele, por gosto e por vingança.

Depois se cansou dela e resolveu mudar de vida. Disse à mãe:

"Diga-me, mãe, quem leva a casa para o pico da montanha?".

Mandou a mãe fechar os olhos. Quando ele disse que já podia olhar, ela abriu os olhos e viu que Macunaíma tinha levado a casa, todas as bananeiras e ela para o alto da montanha.

Os irmãos e o resto da família continuavam no lugar onde a casa ficava antes e estavam com fome. Macunaíma tinha levado todas as bananeiras com a casa e a mãe deles, e não sobrara nada para eles comerem.

Vendo os filhos lá embaixo, magros de mostrar os ossos, a mãe jogava para eles uns pedaços de banana, fingindo que jogava somente a casca, que era para Macunaíma não perceber.

Quando Macunaíma se cansou da brincadeira, mandou a mãe fechar os olhos outra vez. Quando ela os abriu, a mando dele, a casa e as bananeiras estavam de volta ao lugar antigo. Macunaíma deu bananas para os irmãos e eles engordaram de novo e suas mulheres também.

Ao ver uma das cunhadas gorda, Macunaíma se engraçou por ela, que não lhe deu a menor confiança. Ele se transformou num bicho-de-pé para lhe fazer cócegas e provocar seu riso, mas ela não riu nem nada. Depois, ele virou um homem muito feio, mas tão feio que a mulher não aguentou e caiu na risada. Ele se aproveitou e caiu em cima dela, e eles dormiram juntos até cansar.

O irmão ficou sabendo de tudo, mas fez que não sabia de nada. Não brigou com

Macunaíma: não queria que ele se zangasse e levasse de novo para o cume da montanha a casa, a mãe e as bananeiras. Não queria passar fome nunca mais.

Macunaíma passou a vida assim, aprontando. Em suas artimanhas, transformou homens e mulheres em rochedos, saúvas, antas e porcos-do-mato. Virou muitas coisas para alcançar seus intentos, como, por exemplo, um grilo, quando quis roubar o anzol de um pescador.

Um contador de histórias que veio muito tempo depois escreveu que Macunaíma passou um período em São Paulo, cidade cheia de fábricas fumacentas, onde tudo que ele pensava que era bicho era máquina.

Voltou depois para sua terra, onde morreu. Mas tem aparecido vivo por aí, em diferentes lugares e muitas histórias, bem vivo.

24

RESGATE NA FLORESTA

Não faz muito tempo, um barco de traficantes de animais, repleto de gaiolas com bichos de toda espécie, apontou no igarapé. Não longe dali, um menino indígena remava sua pequena canoa. Eram dois os caçadores, viu o menino.

Os caçadores atracaram o barco e foram à terra. Procuravam uma espécie rara de macaco, uma encomenda ilegal de animal silvestre difícil de encontrar. Eles localizaram a presa: uma macaca adulta com seu filhote. Preparam as armadilhas que fazem do seu dia a dia um amontoado de obras vis e desumanas. A macaca conseguiu escapar, mas perdeu o filhote para os homens. E o macaquinho era tudo que eles queriam.

Juntaram a nova presa às demais, e o barco partiu na direção do mercado da cidade grande. O menino os seguiu em sua canoinha, disposto a recuperar o bichinho e libertar os demais enjaulados.

Foram dias e dias de difícil viagem. À noite, quando o barco parava para o sono dos bandidos, o menino continuava remando para superar a distância que o barco a motor impunha à canoinha de remos que só contavam com a pouca força física de um menininho.

De madrugada, o barco seguia viagem. O menino ia atrás.

Em Belém, um entreposto de contrabandistas e traficantes escondido perto do mercado Ver-o-Peso foi o ponto de chegada.

Naquela madrugada, os bandidos se embriagaram para comemorar a venda lucrativa que fariam de sua carga preciosa. O menino então subiu a bordo, abriu as gaiolas e os sacos e exortou à fuga os animais sobreviventes, enfraquecidos por aquela viagem de horrores. Pegou o macaquinho nos braços, disposto a devolvê-lo à mãe, e na pequena embarcação tomou o caminho de volta.

Mais adiante, o dia escureceu. Era apenas meio-dia, e o sol sumiu.

O menino já conhecia aquela história de ouvir contar. Agora, ali no meio do rio e no escuro, levando o filhote da macaca, teve certeza de que a história se repetia: o caso da onça ciumenta que se apaixonou pelo sol. Para que ninguém mais tivesse a luz do sol e seu calor, a onça o engoliu. Aproveitou-se de um crepúsculo, quando o astro estava bem perto da margem do Grande Rio, e, nhoc!, o devorou inteirinho, com toda sua resplandecência. A escuridão se abateu sobre o mundo.

O menino não podia prosseguir no escuro e no frio da noite eterna que se iniciava. Não poderia devolver o macaquinho à mãe. Estava disposto a qualquer sacrifício. Usaria da sabedoria de sua gente para completar a missão. Afinal, ele era um indígena, pensou, orgulhoso de suas tradições. Tinha que trazer a luz de volta e devolver o pequeno macaco à mãe.

Ele aprendera com o avô a história da onça e sabia de seus costumes. No fim da tarde, o felino ia beber água na lagoa. O menino, sempre cuidando do macaquinho, postou-se lá e esperou.

Quando a onça veio beber água, ele viu que o bicho, agora redondo e ainda mais majestoso, iluminava a lagoa quando sua língua lambia a superfície da água para matar a sede. De sua barriga, escapavam pela boca alguns raios do sol aprisionado. O sol estava vivo, comemorou o menino. Era só questão de libertá-lo. Outro resgate, pensou.

Depois de beber água, a onça dormiu ali mesmo. De comida nunca mais precisaria, toda a energia que comanda a vida na terra estava armazenada em seu bucho.

Quando a onça ronronava, num sonho feliz, o menino se aproximou e, com uma pena

da arara, ave que gosta de rir e fazer rir, se
pôs a provocar cócegas na barriga da onça.
Numa reação de descontração e entrega, a
onça escancarou a boca. Raios do sol ilu-
minaram o rosto do menino.

A cócega continuou, agora em torno dos
beiços da dorminhoca. A onça tanto se me-
xeu, tanto riu e tanto abriu a boca que, eia!,
o sol se livrou da barriga que o prendia e
voltou correndo para o firmamento.

Com a luz do dia restabelecida, o menino pôde continuar sua viagem e devolver o
macaquinho a seu lugar.

25

CHUVA ROUBADA

Houve um tempo em que ainda não existia a chuva, mas a água estava em toda parte.

A cobra-grande vivia no alto de uma grande árvore.

O jacaré, que não gostava dela, um dia mandou derrubar a árvore onde ela vivia.

Sem ter onde morar, a cobra-grande se mudou para o céu.

Para se vingar, levou a água junto com ela, que era para o jacaré morrer de sede.

Mas aí, sem água, os peixes, as tartarugas e todos os bichos que existem na terra começaram a morrer. As plantas também. E depois o ser humano. Estava tudo seco e queimado. Tudo que era igarapé, furo, paraná tinha secado. Lagos e lagoas também.

Até os rios grandes mirravam e logo seriam leitos secos de areia por onde se poderia caminhar sem molhar os pés.

Mandaram o urubu, que sabe voar alto, ir ao céu falar com a cobra-grande. E ele foi.

A cobra-grande aceitou devolver a água à terra sob uma condição: ninguém podia mais derrubar as árvores da floresta.

O urubu concordou, a cobra-grande voltou a viver numa árvore da floresta, e a água foi devolvida à terra na forma da chuva.

Até hoje essa chuva cai, mas, quando derrubam as árvores da floresta, ela para de cair e a seca volta. Ou então fica descontrolada e cai de uma vez e afoga o que vive aqui embaixo.

NOTA DO AUTOR:

CERTA VEZ DE MONTARIA...

Em 1958, em Potirendaba, pequena cidade do interior de São Paulo, eu cursava a segunda série do ginásio, que hoje corresponde ao sétimo ano do ensino fundamental. Dona Irene era nossa professora de canto orfeônico, disciplina de música que fazia parte do currículo do antigo ginásio. Nas aulas, entre lições de harmonia, aprendíamos a cantar em coro de quatro vozes.

Dona Irene, moça bonita que morava em São José do Rio Preto, cidade grande vizinha da nossa, nos fazia cantar a canção "Uirapuru", composta por Waldemar Henrique, nascido em Belém do Pará em 1905 e falecido na mesma cidade em 1995.

A letra de "Uirapuru", que foi gravada pela primeira vez em 1934, diz o seguinte:

Certa vez de montaria, eu descia um paraná
E o caboclo que remava não parava de falar
Ai, ai, ai, não parava de falar
Que caboclo falador!

Me contou do lobisomem, da mãe-d'água e do tajá
Disse do jurutaí que se ri pro luar
Ai, ai, ai, que se ri pro luar
Que caboclo falador!

Que mangava de visagem, que matou surucucu
E jurou por pavulagem que pegou uirapuru
Ai, ai, ai, que pegou uirapuru
Que caboclo tentador!

Caboclinho meu amor arranja um pra mim
Ando roxo pra pegar unzinho assim
O diabo foi-se embora e não quis me dar
Vou juntar meu dinheirinho pra poder comprar

Mas no dia em que eu comprar, o caboclo vai sofrer
Eu vou desassossegar o seu bem-querer
Ai, ai, ai o seu bem-querer
Ora deixa ele pra lá!

Eu e meus colegas de classe não entendíamos muito bem a letra da música. Soava estranha para crianças paulistas do interior. De cultura popular conhecíamos melhor as histórias de assombração próprias da tradição caipira da nossa região. Palavras como visagem, tajá, uirapuru, mãe-d'água, jurutaí e surucucu não eram familiares para nós. Descer um paraná de montaria queria dizer o mesmo que descer pelo estado do Paraná montado a cavalo? Descer o rio Paraná a cavalo é que não podia ser. Para nós montaria era cavalo ou burro, jamais uma canoa. E o que significaria jurar por pavulagem?

Mesmo assim, nosso coral cantava "Uirapuru" em todas as festas da escola. A gente se divertia, quem ouvia gostava e aplaudia.

Gravada por tantos artistas importantes, essa canção é hoje um dos clássicos do repertório popular brasileiro, uma bandeira da cultura do Norte.

Este livro é uma tentativa de superar a ignorância do menino que fui, arriscando-me a demonstrar que ainda sei pouco dessas coisas. Aquelas palavras da canção que eram estranhas para mim, há cinquenta anos, serviram de roteiro preliminar para a pesquisa do texto; a canção propriamente, para me guiar na tarefa de dar forma ao clima encantado das histórias do livro.

AGRADECIMENTOS

Agradeço aos bibliotecários Sonia Marisa Luchetti, Kátia Bruno Ferreira e Helton Celso Wanderley, da USP, e Rosane Nunes Andrade, da Biblioteca Nacional, pela ajuda na localização de livros raros durante a pesquisa; a Maria de Lourdes Prandi e Bruno Barba pela companhia em pesquisa de campo na Amazônia, a Geraldo Fantin, Maria Lúcia Pierucci, Argemiro Procópio e Rosa Maria Bernardo e a minhas editoras Lilia Moritz Schwarcz e Júlia Schwarcz pela leitura crítica dos originais; a Pedro Rafael pelas ilustrações; e a Helen Nakao, Geane Mantovani e Leika Yatsunami pela edição gráfica.

A PESQUISA:

FONTES ORAIS E BIBLIOGRÁFICAS

FONTES USADAS EM CADA CAPÍTULO

1. *O Grande Rio sai dos potes de água.* Reginaldo Prandi, pesquisa de campo em São Paulo, 1998, narrador: Francelino de Shapanan, paraense de Soure e fundador da Casa das Minas de Toia Jarina, em São Paulo. Fragmentos em: José Coutinho de Oliveira, 1916, pp. 19-21; idem, 2007, pp. 60-4; Luís da Câmara Cascudo, 2003, p. 237 [1ª ed.: 1943]; Koch--Grünberg, 1953, pp. 127-8 [1ª ed.: 1916].

2. *Do caroço de tucumã escapa a noite.* José Vieira Couto de Magalhães, 1975, pp. 113-4 [1ª ed.: 1875]; José Coutinho de Oliveira, 1916, pp. 27-9; idem, 2007, pp. 39-40; Clemente Brandenburger, 1923, pp. 24-7; Luís da Câmara Cascudo, 2003, pp. 209-21 [1ª ed.: 1943]; Alberto da Costa e Silva, 1957, pp. 15-7; Herbert Baldus, 1960, pp. 81-2; Vera do Val, 2007, pp. 4-6.

3. *A cara marcada da lua.* José Coutinho de Oliveira, 1916, pp. 30-2; idem, 1951, pp. 27--31; idem, 2007, pp. 47-51; Vera do Val, 2007, pp. 10-5.

4. *A culpada foi a onça.* Fragmento em: Luís da Câmara Cascudo, 2003, p. 237 [1ª ed.: 1943].

5. *As estrelas nos olhos dos meninos.* Antonio Colbacchini e Cesar Albisetti, 1942, pp. 218--9; Alberto da Costa e Silva, 1957, pp. 28-9; Clarice Lispector, 1999, pp. 8-9; Vera do Val, 2007, pp. 7-9.

6. *Japuaçu voa em busca do fogo.* Osvaldo Orico, 1937, pp. 133-5; Luís da Câmara Cascudo, 1962, v. 2, p. 387 [1ª ed.: 1954].

7. *Homem, planta, bicho, mandioca, é tudo a mesma coisa.* José Vieira Couto de Magalhães, 1975, pp. 85-6 [1ª ed.: 1875]; Clemente Brandenburger, 1923, pp. 34-5; Edgard Roquette-Pinto, 1935, p. 135; José Coutinho de Oliveira, 1951, pp. 95-8; idem, 2007, pp. 96-8; Alberto da Costa e Silva, 1957, pp. 38-9.

8. *Olhos de guaraná.* Osvaldo Orico, 1937, pp. 115-6; José Coutinho de Oliveira, 1951, pp.

214

101-5; idem, 2007, pp. 99-101. Sobre Jurupari:
Luís da Câmara Cascudo, 1962, pp. 408-9 [1ª
ed.: 1954]; Osvaldo Orico, 1937, pp. 135-41.

9. *Açaí, como gotas de sangue.* Reginaldo Prandi,
    pesquisa de campo em Manaus, 1998. Narrado-
    res: Isabel Lucena da Silva e Edilson Campos.

10. *Vitória-régia, a estrela das águas.* Fragmentos
    em: Osvaldo Orico, 1937, pp. 270-1; Vera do
    Val, 2007, pp. 39-42.

11. *O canto do jurutaí rejeitado.* Osvaldo Orico,
    1937, pp. 143-5; Vera do Val, 2007, pp. 27-30.
    Sobre o curupira: Luís da Câmara Cascudo,
    1962, pp. 262-4 [1ª ed.: 1954].

12. *Quem tem tajá em casa não perde seu amor.*
    Osvaldo Orico, 1937, pp. 227-32.

13. *Melhor virar bicho que o homem não come.* Theo-
    dor Koch-Grünberg, 1953, pp. 156-7 [1ª ed.:
    1916]; Carlos Teshauer, 1925, pp. 239-42; Luís da
    Câmara Cascudo, 2003, pp. 173-5 [1ª ed.: 1943].

14. *O uirapuru canta de dor.* Reginaldo Prandi, pes-
    quisa de campo em Manaus, 1998, narradores:
    Isabel Lucena da Silva, Edilson Campos e Sandra

Regina Mataré. Fragmentos em: Osvaldo Orico, 1937, pp. 256-9; id., 1975, pp. 48-53; Luís da Câmara Cascudo, 1962, pp. 756-7 [1ª ed.: 1954]; José Coutinho de Oliveira, 1951, pp. 201-3; idem, 2007, pp. 153-4; Vera do Val, 2007, pp. 37-8.

15. *Iara, como um punhal no coração.* Fragmentos em: Luís da Câmara Cascudo, 2001, pp. 11--6 [1ª ed.: 1945].

16. *O boto e as moças ribeirinhas.* Reginaldo Prandi, pesquisa de campo em São Paulo, 1998, narrador: Francelino de Shapanan. Fragmentos em: Raymundo Heraldo Maués, 2008, pp. 327-48.

17. *Cobra Norato, moço bom e bonito.* Osvaldo Orico, 1937, pp. 277-8; Luís da Câmara Cascudo, 2001, pp. 23-8 [1ª ed.: 1945]; idem, 2002, pp. 292-3 [1ª ed.: 1940].

18. *Queria ser o único homem da aldeia.* José Coutinho de Oliveira, 1916, pp. 39-44; idem, 2007, pp. 73-8.

19. *Ajuricaba não se rende ao homem branco.* José Coutinho de Oliveira, 1916, pp. 59-63; idem, 1951, pp. 83-6; idem, 2007, pp. 89-90;

Luís da Câmara Cascudo, 2002, pp. 321-4
[1ª ed.: 1940]; Márcio Souza, 2005.

20. *Dom Sebastião vive na praia do Lençol.* Reginaldo Prandi, pesquisa de campo em São Paulo, 1998, narrador: Francelino de Shapanan; Seth Leacock e Ruth Leacock, 1975, pp. 138-9; Reginaldo Prandi e Patrícia Ricardo de Souza, 2001, pp. 216-80; Reginaldo Prandi, 2005, pp. 69-72.

21. *Três mulheres fortes entre os filhos do rei da Turquia.* Reginaldo Prandi, pesquisa de campo em São Paulo, 1998, narrador: Francelino de Shapanan; Seth Leacock e Ruth Leacock, 1975, pp. 141-2; Reginaldo Prandi e Patrícia Ricardo de Souza, 2001, pp. 216-80; Reginaldo Prandi, 2005, pp. 69-72.

22. *Matintaperera oferece seu osso de anjo.* Fragmentos em: Luís da Câmara Cascudo, 1962, v. 2, p. 471 [1ª ed.: 1954]; Maria Angélica Motta Maués e Gisela Macambira Villacorta, 2008, pp. 349-55; Josebel Akel Fares, 2008, pp. 311-26.

23. *Macunaíma faz e desfaz, vira e faz virar.* Theodor Koch-Grünberg, 1953, pp. 54-6 [1ª ed.: 1916]; idem, 1935, pp. 14-9; Clemente Brandenburger, 1925, pp. 69-75; Mário de Andrade,

1928; Sérgio Buarque de Holanda, 1935, pp. 54-6; Alberto da Costa e Silva, 1957, pp. 143-6; Herbert Baldus, 1960, pp. 26-9; Flávio Moreira Costa, 2005, pp. 47-50.

24. *Resgate na floresta*. Reginaldo Prandi, pesquisa de campo em Manaus, 2010, narrador: Pedro Vicentino.

25. *Chuva roubada*. Reginaldo Prandi, pesquisa de campo em Belém, 2010, narrador: Pedro Mateiro Albano.

BIBLIOGRAFIA CITADA

ANDRADE, Mário de
  2008. *Macunaíma, o herói sem nenhum caráter.* Rio de Janeiro, Agir. [1ª ed.: 1928.]

BALDUS, Herbert
  1960. *Estórias e lendas dos índios*. São Paulo, Literart.

BRANDENBURGER, Clemente
  1923. *Lendas de nossos índios*. Rio de Janeiro, Francisco Alves.

  1925. Lendas índias da Guyana Brasileira. *Revista de arte e sciencia*. Rio de Janeiro, nº 9, pp. 69-75, março.

Cascudo, Luís da Câmara

1962. *Dicionário do folclore brasileiro*. 2ª ed. Rio de Janeiro, Instituto Nacional do Livro. [1ª ed.: 1954.]

2001. *Lendas brasileiras*. 7ª ed. São Paulo, Global. [1ª ed.: 1945.]

2002. *Geografia dos mitos brasileiros*. São Paulo, Global. [1ª ed.: 1940.]

2003. *Antologia do folclore brasileiro*, vol. 1, 9ª ed. São Paulo, Global. [1ª ed.: 1943.]

Colbacchini, Antonio e Albisetti, Cesar

1942. *Bororos orientais*. São Paulo, Companhia Editora Nacional.

Costa, Flávio Moreira, org.

2005. *Os grandes contos populares do mundo*. Rio de Janeiro, Ediouro.

Fares, Josebel Akel

2008. A matintaperera no imaginário amazônico. In: Maués, Raymundo Heraldo e Villacorta, Gisela Macambira, orgs. *Pajelanças e religiões africanas na Amazônia*. Belém, Editora Universitária UFPA.

Holanda, Sérgio Buarque de

1935. O mytho de Macunaíma entre os índios

amazônicos. *O espelho*. Rio de Janeiro, nº 6, pp. 54-6, setembro.

KOCH-GRÜNBERG, Theodor
1916. Mythen und Legenden der Taulipáng und Arekuná-Indianer. In: *Von Roraima zum Orinoco*, Band II, Berlim.

1953. Mitos e lendas dos índios Taulipáng e Arekuaná. *Revista do Museu Paulista*. São Paulo, vol. 7, pp. 9-202, março.

LEACOCK, Seth e LEACOCK, Ruth
1975. *Spirits of the Deep: a Study of Afro-Brazilian Cult*. Nova York, The American Museum of Natural History.

LISPECTOR, Clarice
1999. *Como nasceram as estrelas: doze lendas brasileiras*. Ilustrações de Fernando Lopes. Rio de Janeiro, Rocco.

MAGALHÃES, José Vieira Couto de
1975. *O selvagem*. Belo Horizonte e São Paulo, Itatiaia e Edusp. [1ª ed.: 1875.]

MAUÉS, Maria Angélica Motta e VILLACORTA, Gisela Macambira
2008. Matintapereras e pajé. In: Maués, Raymundo Heraldo e Villacorta, Gisela Macambira, orgs. *Pajelanças e religiões*

africanas na Amazônia. Belém, Editora Universitária UFPA.

MAUÉS, Raymundo Heraldo

2008. As lendas e o simbolismo sobre o boto na Amazônia. In: MAUÉS, Raymundo Heraldo e VILLACORTA, Gisela Macambira, orgs. *Pajelanças e religiões africanas na Amazônia*. Belém, Editora Universitária UFPA.

OLIVEIRA, José Coutinho de

1916. *Lendas amazônicas*. Belém, Edição J. B. dos Santos.

1951. *Folclore amazônico*. Belém, São José.

2007. *Imaginário amazônico*. Belém, Editora Paka-Tatu.

ORICO, Osvaldo

1937. *Vocabulário de crendices amazônicas*. São Paulo, Companhia Editora Nacional.

1975. *Mitos ameríndios e crendices amazônicas*. Rio de Janeiro, Civilização Brasileira.

PRANDI, Reginaldo

2005. Nas pegadas dos voduns: um terreiro de tambor-de-mina em São Paulo. In: MOURA, Carlos Eugênio Marcondes de, org. *Somàvo, o amanhã nunca termina*, pp. 63-94. São Paulo, Empório de Produções.

221

PRANDI, Reginaldo e SOUZA, Patrícia Ricardo de
2001. Encantaria de mina em São Paulo. In: PRANDI, Reginaldo, org. *Encantaria brasileira*. Rio de Janeiro, Pallas.

ROQUETTE-PINTO, Edgard
1935. *Rondônia*. São Paulo, Companhia Editora Nacional.

SILVA, Alberto da Costa e, org.
1957. *Lendas do índio brasileiro*. Rio de Janeiro, Edições de Ouro.

SOUZA, Márcio
2005. *A paixão de Ajuricaba*. Manaus, Valer, EDUA e Prefeitura Municipal de Manaus.

TESHAUER, Carlos
1925. *Avifauna e flora nos costumes: superstições e lendas brasileiras e americanas*. Porto Alegre, Globo.

VAL, Vera do
2007. *O imaginário da floresta: lendas e histórias da Amazônia*. São Paulo, WMF Martins Fontes.

APÊNDICE
AMAZÔNIA — A FLORESTA, O RIO, O HOMEM

Amazônia é a região natural da América do Sul definida pela bacia do rio Amazonas e coberta em grande parte por floresta tropical, a Floresta Amazônica. Também chamada Hileia Amazônica, a floresta ocupa mais de um quarto do continente. Vista do alto, é uma cobertura verde sem fim de copas situadas a uns trinta metros acima do solo. Sob elas, outros níveis de vegetação.

Com uma árca quc ultrapassa os 7 milhões de quilômetros quadrados, dos quais 60% estão no Brasil, a Amazônia ocupa territórios de oito países — Brasil, Bolívia, Peru, Equador, Colômbia, Venezuela, Guiana e Suriname — e mais o de um estado ultramarino da França, a Guiana Francesa.

IGAPÓ:
O RIO ALAGA
A FLORESTA

A FLORESTA

A Floresta Amazônica abrange 7% da superfície do planeta e abriga cerca da metade da biodiversidade mundial.

Estimativas indicam existir na floresta mais de 10 milhões de espécies vivas. Grande parte delas ainda não foi classificada cientificamente e continua desconhecida. Muito de sua imensa riqueza genética, de incalculável valor para o conhecimento humano, permanece ignorado pela ciência.

São 5 milhões as espécies vegetais da Amazônia, das quais 5 mil espécies são de

BARCO DE PASSAGEIROS NO RIO NEGRO

árvores, número que não chega a setecentos na América do Norte.

Um sem-fim de arbustos, ervas, cipós e outros tipos de plantas tecem os vários níveis sobrepostos da mata, embelezada por orquídeas e bromélias. Nas lagunas, impera a vitória-régia. Suas folhas circulares chegam a mais de um metro de diâmetro, verdadeiro brasão desse exuberante universo verde.

Vivem ali grandes mamíferos como antas, veados e onças, répteis como tartarugas, cobras e jacarés. Inúmeros são os anfíbios, incontáveis os insetos. E macacos, muitos macacos, além de milhares de espécies de pássaros de todas as plumagens, peixes de todas as formas e tamanhos.

O RIO

Localizado no norte da América do Sul, o rio Amazonas é o maior rio da Terra em volume de água e extensão. Por muito tempo se acreditou ser ele o segundo maior em comprimento, depois do rio Nilo, que atravessa vários países do continente africano. Pesquisas recentes do Instituto Nacional de Pesquisas Espaciais (INPE) comprovaram que o Amazonas tem 6 992 quilômetros de extensão, superando o rio Nilo em cerca de 140 quilômetros.

O Amazonas é responsável por um quinto do volume total de água doce que deságua em oceanos em todo o mundo. Em certos pontos do seu curso, a distância de uma margem a outra pode chegar a 50 quilômetros na época das cheias.

O Amazonas atravessa a Floresta Amazônica, correndo ao longo da planície sedimentar amazônica. Tem sua nascente na cordilheira de Chila, nos Andes do sul do Peru, a grande altitude. Em seu percurso, ainda no Peru, recebe os nomes de Carhuasanta, Lloqueta, Apurimac, Ene, Tambo e Ucaiali. Entra em território brasileiro com o nome de rio Solimões e, finalmente, em Manaus, SAMAUMEIRA após a junção com o rio Negro, passa a se

228

chamar rio Amazonas. Como tal segue até sua foz no oceano Atlântico, junto ao arquipélago do Marajó, no estado do Pará.

Sua bacia hidrográfica é a maior do mundo, cobrindo quase 7 milhões e meio de quilômetros quadrados.

A área coberta pelas águas do rio Amazonas e seus afluentes mais do que triplica durante as cheias.

Em seu percurso, o Amazonas recebe quase 7 mil afluentes. Entre eles se encontram alguns dos outros maiores rios do mundo, como o Negro e o Madeira. Dentro do Brasil, os principais afluentes da margem esquerda do Amazonas são Içá, Japurá, Negro, Manacapuru, Nhamundá, Trombetas, Curuá, Maicuru, Paru e Jari; os da margem direita são Javari, Jutaí, Juruá, Tefé, Madeira, Purus, Tapajós e Xingu.

Os sedimentos arrastados pelas águas totalizam 800 milhões de toneladas por ano. Fragmentos de montanhas andinas são carregados pela correnteza até 200 quilômetros dentro do Atlântico, indo se depositar na costa da Guiana Francesa.

Numa luta de gigantes, o encontro das águas do rio, sobretudo no período das cheias, com as águas do oceano, durante a maré alta, provoca a pororoca: uma correnteza que recua rio acima com ondas que atingem cinco metros de altura e velocidade de quinze a trinta quilômetros por hora. Esse choque das águas derruba árvores de

NA MARGEM
DE UM IGARAPÉ

231

grande porte e modifica o leito dos rios. A pororoca pode ser vista do espaço e seu barulho é ouvido a grande distância.

Além dos grandes rios, são importantes nesse complexo hidrográfico os chamados igarapés, furos e paranás.

Igarapé — caminho de canoa, em língua indígena — é um rio relativamente estreito, um caminho por meio do qual se penetra na floresta. Em muitos casos, flui por túneis de vegetação e apresenta águas escurecidas, devido à quantidade de sedimentos depositados nos leitos e à pouca luminosidade solar que recebe.

Furo é um canal sem correnteza própria, uma comunicação entre dois rios ou entre um rio e uma lagoa de várzea.

Paraná é um braço de um rio caudaloso, do qual é separado por uma ou várias ilhas. Quando se trata de um braço menor, dá-se o nome de paraná-mirim.

Há também os igapós, que são trechos da floresta inundados, e os lagos e as lagoas.

UMA COMUNIDADE RIBEIRINHA

233

Amazônia Legal

No Brasil, mais ampla que a Amazônia é a chamada Amazônia Legal, região definida em lei federal para efeito de administração governamental, planejamento econômico e aplicação de políticas públicas voltadas para o desenvolvimento regional. Com uma área de mais de 5 milhões de quilômetros quadrados, representa cerca de 60% do território brasileiro.

Constituída por 772 municípios, a Amazônia Legal reúne os estados que formam a região natural da Amazônia Brasileira — Amazonas, Pará, Roraima, Amapá, Acre e Rondônia —, mais os estados, ou partes deles, que apresentam cobertura vegetal de florestas e cerrados própria da Amazônia, ou seja, Mato Grosso, Tocantins e o oeste do Maranhão e cinco municípios de Goiás.

Toda a região vive sob influência da bacia hidrográfica do Amazonas e da Floresta Amazônica.

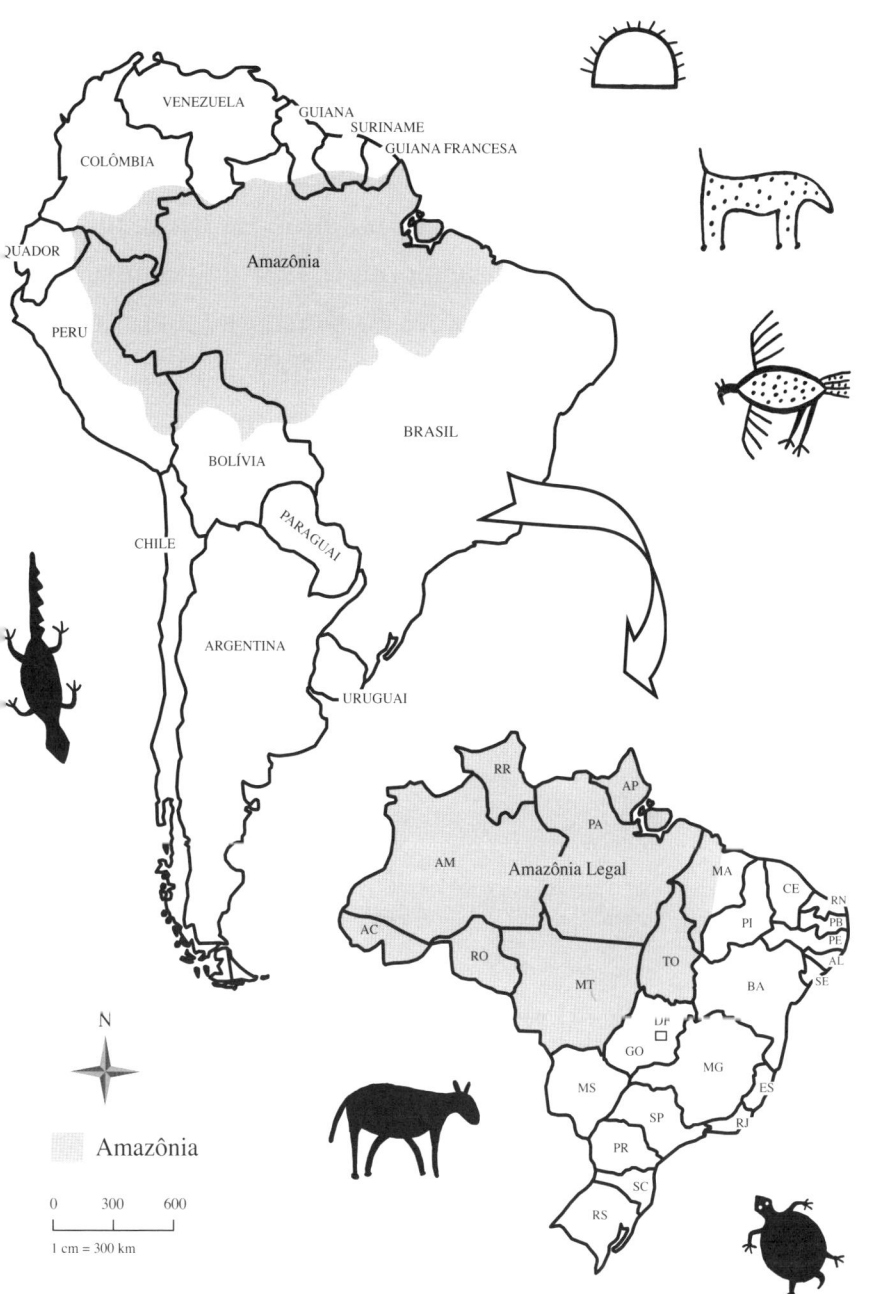

POPULAÇÃO

Conforme o Censo de 2010, a Amazônia Legal tem cerca de 22 milhões de habitantes, o que corresponde a 12% da população nacional. É a parte do Brasil que mais cresceu em população entre 2000 e 2010.

Os habitantes se distribuem por cidades grandes, médias e pequenas e por uma infinidade de povoados, comunidades ribeirinhas e aldeias. Manaus, capital do Amazonas, é a sétima maior cidade brasileira, com

PORTO DO AÇAÍ
EM BELÉM

1,8 milhão de habitantes. Cresceu 28% nos últimos dez anos. Belém, capital do Pará, tem 1,4 milhão de habitantes.

A população da Amazônia se ocupa em atividades econômicas tradicionais, como a extração de látex feita pelo seringueiro, a coleta de castanhas e outros produtos da floresta e dos rios e a agricultura familiar, mas também está envolvida em atividades que incluem a pecuária e a agricultura de porte capitalista, a indústria, o setor madeireiro, a mineração, o comércio e o turismo.

Os principais representantes da cultura amazônica são as populações tradicionais: os indígenas e os caboclos, como são chamados os nascidos de brancos de origem europeia e indígenas.

Há hoje cerca de 150 mil indígenas na Amazônia.

Essa população, mesmo pequena e extremamente heterogênea, tem uma grande importância cultural e ambiental. Muitos desses povos vivem nas grandes extensões

de terra das reservas indígenas, outros nem sequer foram contatados e permanecem isolados na floresta. Muitas são as culturas indígenas ameaçadas de extinção.

Das 180 línguas indígenas ainda hoje faladas no Brasil, 150 pertencem a povos da Amazônia, divididos em seis troncos linguísticos: tupi, caribe, tucano, jê, pano e aruaque.

Não muito comuns no interior da região, os negros tiveram presença marcante na área litorânea do Amapá, Pará e Maranhão, e sua contribuição cultural acabou se estendendo também ao interior.

O primeiro grande surto de desenvolvimento econômico da Amazônia se deu com o ciclo da borracha, que teve seu auge entre 1879 e 1912. Durante esse período, o Brasil foi produtor mundial exclusivo do látex de borracha, indispensável à indústria automobilística nascente. Com o látex das seringueiras, fabricavam-se os pneus.

Assim como o Teatro da Paz, inaugurado em Belém em 1878, o Teatro Amazonas,

O TEATRO AMAZONAS, EM MANAUS

239

construído em Manaus entre 1884 e 1896, é um símbolo inconteste da riqueza, luxo e ostentação do período. Uma casa de ópera no coração da floresta, até hoje em atividade, o Teatro Amazonas é testemunha histórica de um projeto de civilização que naufragou com o fim do monopólio brasileiro na produção de borracha.

Quando os seringais plantados pelos ingleses na Malásia, com sementes levadas do Brasil, passaram a produzir látex com

DE BARCO
A MOTOR
NO FURO DA
PACIÊNCIA

maior eficiência e produtividade, a economia da Amazônia entrou em declínio. Fim de uma pródiga época, de curta duração.

Conta-se que, numa exagerada exibição de fausto e opulência, famílias enriquecidas com os negócios da borracha mandavam lavar a roupa suja na Europa.

Durante o ciclo da borracha, a região recebeu grande quantidade de migrantes do Nordeste. Mais tarde, chegaram migrantes das demais regiões do Brasil. Os originários do Sul e do Sudeste contribuíram decididamente para as modernas formas de produção agropecuária.

CULTURA E MITOLOGIA

A cultura da Amazônia, muito rica e variada, está ligada a sua grande diversidade humana. Manifesta-se com exuberância na música, nas artes plásticas, no artesanato e na literatura produzidos na região.

A mitologia amazônica, da qual este livro

pretende ser uma amostra representativa, é basicamente de origem indígena. Muitos de seus personagens e suas aventuras estão presentes hoje na mitologia nacional, alimentando a dinâmica da cultura brasileira, em que se mesclam a outros de origem africana e europeia. Neles se inspiraram compositores e escritores nos momentos decisivos da formação da literatura e da música brasileiras modernas, para não falar da constituição da própria identidade cultural do brasileiro.

Foi principalmente na Amazônia que Mário de Andrade buscou elementos para seu livro *Macunaíma, um herói sem nenhum caráter*. Publicado em 1928, é uma das obras-chave do modernismo brasileiro, movimento artístico e literário empenhado na busca de meios de expressão autenticamente brasileiros.

Em sua construção literária de uma nova brasilidade, Mário de Andrade usou como fonte mitos da nação indígena taulipang,

242

registrados no início do século XIX pelo antropólogo alemão Theodor Koch-Grünberg.

E quem não conhece histórias do boto, da matintaperera, de Cobra Norato, do uirapuru e de tantos outros personagens da Amazônia? Mitos em que, como chave de criação e mudança do mundo, está sempre presente o encantamento, processo mágico de transformação que também está na base dos contos de fadas europeus e das narrativas fantásticas encontradas nas mais diferentes culturas tradicionais da humanidade.

Mitos dos encantados da Amazônia têm fornecido, da mesma forma, o fundamento de cultos religiosos que hoje se acham

ESTUDANTES
A CAMINHO
DA ESCOLA

244

incluídos no cenário religioso de cidades como São Paulo e Rio de Janeiro. São as pajelanças ou rituais amazônicos de cura, a encantaria dos caruanas, o tambor de encantados, o batuque paraense. Contos e lendas que passam, cada vez mais, a ser incluídos na mitologia sagrada da umbanda, religião originária do Sudeste, e do catimbó ou jurema, proveniente do Nordeste, chegando aos mais diferentes pontos do país. Em seu processo de expansão, a mitologia amazônica se funde com aquelas provenientes da Europa e da África e produz uma genuína e original mitologia brasileira.

Quem nunca ouviu falar das religiões denominadas santo-daime, união do vegetal e barquinho?

Igualmente originárias da Amazônia e dos usos sagrados que os indígenas fazem das plantas, essas religiões representam alternativas de culto também para adeptos que vivem longe da Amazônia, em diferentes regiões do Brasil e no exterior.

O mesmo se dá no âmbito mais prosaico do paladar. Das diversas culinárias regionais, com forte influência indígena, sobressaem pratos hoje famosos em todo o país, como tacacá, pato no tucupi, arroz de jambu, sucos e sorvetes de biribá, buriti, taperebá, graviola e bacuri, bombons de cupuaçu e iguarias preparadas com os peixes tucunaré, pirarucu e tambaqui. O guaraná e o açaí são produtos tipicamente amazônicos que representam o paladar do Brasil pelo mundo afora.

Para nossa diversão, temos o carimbó e outros ritmos de lá. Para o prazer de ser turista, os grandes eventos culturais que atraem brasileiros de todos os lugares, como o festival do boi-bumbá de Parintins. Para o grande espetáculo da devoção, a festa do Círio de Nazaré, com seus 2 milhões de fiéis em procissão pelas ruas de Belém.

E o tempo todo, a floresta e o rio, suas plantas e seus bichos, seus mistérios e seus encantamentos.

O MERCADO VER-O-PESO, EM BELÉM

246

ECOLOGIA

A Floresta Amazônica é o maior celeiro de biodiversidade da Terra. Pouco menos de um terço de todas as espécies vivas do planeta está ali. No rio Amazonas e seus afluentes, estima-se que haja quinze ve-

PRODUTOS
DA MATA
NO MERCADO

zes mais peixes que em todo o continente europeu. Apenas um hectare da floresta pode conter até 300 tipos de árvores.

A Amazônia é considerada uma espécie de filtro ecológico que contribui para a redução da quantidade de gás carbônico na atmosfera. Pesquisas recentes mostram que o vapor d'água produzido pela vegetação amazônica é decisivo na determinação do volume e do regime das chuvas, afetando o clima de todo o planeta.

Apesar de sua importância em termos climáticos e ecológicos para o Brasil e para o mundo, o desmatamento da floresta atingiu em 2003, segundo o INPE, uma área de 648 mil quilômetros quadrados, ou 16,2% dos 4 milhões de quilômetros quadrados da floresta original da Amazônia Legal.

Esse desmatamento corresponde a mais do que o dobro da superfície do estado de São Paulo.

Antes de 1972, houve um desmatamento acumulado mais lento, totalizando, em cinco

séculos, cerca de 100 mil quilômetros quadrados, ou seja, pouco mais que o tamanho
de Portugal. Mas a partir da década de 1970,
em razão da atividade pecuária especial-
mente desenvolvida no período, o desflo-
restamento cresceu de modo acelerado. Foi
ampliado com a introdução da agricultura
conduzida pela grande empresa, sobretudo
a cultura da soja, a partir de 1990.

TRANSPORTE
COLETIVO

De 1972 para cá, a Amazônia Legal sofreu uma perda média de floresta equivalente à área de uma Bélgica por ano.

A natureza já emite sinais de alerta. Estudos indicam que, desde 2000, as secas têm sido mais intensas e frequentes, sem que a floresta tenha tempo de se recuperar.

Em 2006, rios e lagos secaram ou estiveram próximos de secar, causando enorme prejuízo à economia e à população. Rios e igarapés deixaram de ser navegáveis em alguns trechos. Comunidades que têm o rio como seu único meio de acesso às localidades vizinhas ficaram isoladas.

Na seca de 2010, os rios Solimões e Negro e muitos de seus afluentes desceram a seus níveis mais baixos já registrados. Com a falta de chuvas, 25 dos 62 municípios do estado do Amazonas decretaram estado de calamidade pública. A estiagem prejudicou 40 mil famílias.

O desmatamento e as queimadas que em geral acompanham o avanço da pecuária e

da agricultura, do garimpo e da extração de madeira representam, assim como a biopirataria, os principais problemas ambientais enfrentados pelo bioma amazônico, isto é, o conjunto estável e ecologicamente equilibrado da floresta.

O Brasil tem feito esforços no sentido de adotar para a região Amazônica políticas de desenvolvimento sustentável. Projetos buscam promover o crescimento econômico, social e cultural com o uso adequado dos recursos naturais visando à preservação do meio ambiente com suas espécies animais e vegetais e suas populações humanas tradicionais. Talvez se trate de ações tímidas.

Nos últimos anos, de fato, o corte de árvores na Amazônia diminuiu, mas não foi interrompido. O desmatamento da maior reserva florestal do mundo, que abriga o maior patrimônio genético da Terra, ainda continua.

CHEGADA A
BELÉM PELO RIO

O AUTOR

Meu nome é Reginaldo Prandi e nasci em Potirendaba, no interior de São Paulo. Aos dezoito anos mudei para a capital para estudar e moro aqui até hoje. Desde pequeno gostava de ler e, depois, já como professor na USP, escrevi muitos livros de sociologia e mitologia. Em 2001, publiquei meu primeiro livro infantojuvenil, o *Ifá, o adivinho*. Tomei gosto e não parei mais. Seguiram-se *Os príncipes do destino*; *Xangô, o Trovão*; *Oxumarê, o Arco-Íris*; *Contos e lendas afro-brasileiros: a criação do mundo*; e *Aimó,* que são livros de mitologia afro-brasileira. Escrevi também *Minha querida assombração*, *Jogo de escolhas* e *Feliz aniversário*, com histórias ouvidas e inventadas. Entre meus livros para adultos, estão *Mitologia dos orixás*, *Segredos guardados*, o romance policial *Morte nos búzios* e o romance *Motivos e razões para matar e morrer*.

254

O ILUSTRADOR

Sou o Pedro Rafael. Nasci e fui criado em Brasília e moro há muitos anos em Salvador, Bahia. Trabalhei inicialmente como restaurador de obras de arte e, nos últimos tempos, tenho me dedicado à ilustração de livros e à arte plástica em geral. O primeiro livro que ilustrei foi *Mitologia dos orixás*, de Reginaldo Prandi. Depois fiz as ilustrações de mais três livros do mesmo autor: *Ifá, o adivinho*, com que ganhei o Prêmio Revelação Ilustrador, da Fundação Nacional do Livro Infantil e Juvenil, em 2003; *Xangô, o Trovão*; e *Oxumarê, o Arco-Íris*. Ilustrei também *Paisagens brasileiras* e *Brasil menino*, de Fátima Miguez, e *Pipistrelo das mil cores*, de Zélia Gattai. Retomei agora minha parceria com Reginaldo Prandi neste *Contos e lendas da Amazônia*.

255

ESTA OBRA FOI COMPOSTA EM TIMES E IMPRESSA PELA GEOGRÁFICA
EM OFSETE SOBRE PAPEL ALTA ALVURA DA SUZANO S.A.
PARA A EDITORA SCHWARCZ EM MAIO DE 2022

A marca FSC® é a garantia de que a madeira utilizada na fabricação do papel deste livro provém de florestas que foram gerenciadas de maneira ambientalmente correta, socialmente justa e economicamente viável, além de outras fontes de origem controlada.